DOROTHY BRENNER FRANCIS

Pouvoirs diaboliques

Traduit de l'américain par Jacqueline Jude

ILLUSTRATIONS DE
JEAN-JACQUES VINCENT

SPECTRES

HAUTE TENSION

L'ÉDITION ORIGINALE DE CE ROMAN A ÉTÉ PUBLIÉE
SOUS LE TITRE :
BLINK OF THE MIND
par Dell Publishing Co., Inc., New York, dans
la collection TWILIGHT™

CHAPITRE 1

Voilà que cela recommençait... et que pouvait-elle y faire ?... *Le 747 cinglait à travers le ciel étoilé. Tout semblait normal à l'intérieur de l'avion géant. Les passagers se détendaient après leur repas du milieu de vol. Les uns, un verre en plastique à la main, trinquaient à leurs vacances. D'autres échangeaient des idées. Certains regardaient l'horizon désert par les hublots. Dans les cuisines, on empilait les plateaux vides tandis que dans le cockpit, le pilote et l'équipage commentaient les derniers matchs.*

Soudain toutes les lampes s'éteignirent et au contraire, à l'extérieur de l'appareil, les feux rouges d'alarme se mirent à scintiller comme des charbons ardents. Quelques fractions de seconde plus tard, l'appareil explosait, incendiant le ciel. Des morceaux de métal calciné crépitèrent en pluie sur le sol. Et ponctuant la catastrophe, éclata le rire incohérent d'un dément.

Epouvantée, Kelly Chapman assistait au spectacle, incapable de détourner les yeux de la scène d'horreur.

« Maman ! Papa !... »

La blonde adolescente sanglotait sans retenue. Tous les détails restaient ancrés dans son cerveau.

Enfin cela se termina. La vision disparut. A nouveau, tout devint sombre et silencieux, d'un calme étrange. Kelly ne fit pas un geste. Elle pensait au jour où ses parents étaient partis. C'était le soir de son anniversaire. Déjà à ce moment-là, sa joie était mêlée d'angoisse. Un pressentiment inexplicable lui avait fait craindre un danger. Elle se rappelait le visage fatigué et tendu de son père au moment où elle avait déchiré le papier aux gaies couleurs qui enveloppait ses cadeaux. Et les mains de sa mère avaient tremblé en lui tendant le pendentif d'argent et de diamant.

« Nous l'avons fait faire exprès pour toi »,

avait-elle déclaré d'une voix si anxieuse que Kelly en frissonnait encore aujourd'hui.

Maintenant elle tenait le bijou dans ses deux mains. Des larmes inondaient ses joues tandis qu'elle donnait libre cours à son chagrin. Elle savait qu'elle ne reverrait jamais plus ni son père ni sa mère.

La brume des Caraïbes baigna le visage de Kelly, la tirant de son cauchemar. Elle ne comptait plus les fois où elle avait vécu cette scène étrange depuis l'accident qui avait eu lieu deux mois plus tôt.

Les cauchemars se terminaient invariablement par les mêmes questions. Pourquoi ? Pourquoi devaient-ils mourir ? Qu'est-ce qui avait fait exploser l'avion en plein ciel ? Et pourquoi avait-elle été le témoin de cette insoutenable tragédie ?

Kelly ne savait pas comment elle s'était trouvée transportée sur les lieux de l'accident mais — il n'y avait aucun doute dans son esprit — elle s'était trouvée là. Ce n'était pas un effet de son imagination. Elle savait qu'elle avait assisté au drame, elle se souvenait encore de l'horrible odeur de chair brûlée et de mort qui imprégnait l'air. Quelques secondes plus tard, elle était de retour au Kansas, dans la maison de son amie Bonnie Melton qui l'avait invitée avec sa sœur Lisa. Elle avait été capable de leur raconter tout ce qu'elle avait vu et avec un étonnant luxe de détails bien des minutes avant la confirmation par téléphone de la tragique nouvelle. Tout le monde avait pensé qu'il s'agissait d'une bizarre et sinistre coïncidence mais Kelly n'était pas de cet avis.

Appuyée contre le bastingage de la *Reine des Caraïbes,* elle poussa un profond soupir. Il n'y avait pas moyen d'échapper à cet obsédant cauchemar. Il l'avait suivie du Kansas aux Caraïbes où on les avait envoyées, Lisa et elle, pour se remettre du choc causé par la mort de leurs parents.

C'était leur tante qui avait eu l'idée de cette croisière. L'épreuve de cette nuit terrible avait transformé Kelly. L'adolescente rieuse et sans souci était devenue une fille sans âge, au bord de la psychose. Sa tante prise d'inquiétude avait consulté le médecin de famille. Celui-ci, après avoir examiné Kelly, avait conseillé un changement d'horizon.

« Vous aviez tort, docteur Dougal, murmura Kelly en regardant le reflet de la lune tropicale se balancer dans le remous incessant des vagues. L'éloignement n'y fait rien. »

« Kelly ? »

L'appel brusque la fit sursauter, comme un jeune animal débusqué par un fauve. Elle se détendit en reconnaissant Lisa qui passait le nez à la porte.

« Kelly, pourquoi as-tu quitté le petit salon ? Je t'ai cherchée partout !

— J'avais besoin d'air, mentit-elle. L'atmosphère était étouffante.

— Tu as pleuré ! déclara Lisa en s'approchant. Je le vois bien, tu sais ! Tu pensais à papa et à maman ? »

Kelly acquiesça.

« Je ne peux pas m'en empêcher ! »

Lisa passa un bras protecteur autour des épaules de sa sœur.

« Moi aussi, je pense tout le temps à eux. Quelquefois je me demande si j'arriverai à revivre normalement. Mais tante Chris et le docteur Dougal ont raison. Nous devons essayer pendant quelques jours de ne pas penser à l'accident et de profiter de la croisière. Ce ne sont pas les occupations qui manquent !

— Comme ce concours de chant ? Je ne sais pas pourquoi tu m'y as entraînée.

— Ne dis pas ça ! »

Lisa parut blessée.

« D'ailleurs je voulais justement t'en parler. Kelly, nous avons gagné ! »

Lisa sourit, fière de cette performance.

« Cinquante dollars, et ce n'est pas fini ! Le capitaine Eaton veut que nous recommencions. Tu es d'accord ? C'est dingue, non ?

— Ouais », fit Kelly distraitement, sans grand enthousiasme.

L'idée de chanter à nouveau devant les autres passagers — surtout en ce moment — ne lui souriait guère. Mais elle le ferait pour Lisa. Sa jeune sœur faisait son possible pour la rendre plus gaie et Kelly ne voulait pas lui dire qu'elle n'y arriverait pas.

Elle se rendait compte que rien ne pourrait changer son humeur. Elle ramassa sa guitare et s'efforça de sourire en suivant sa sœur dans le petit salon somptueusement décoré.

La *Reine des Caraïbes* était un hôtel flottant, doté d'une piscine, d'un salon de coiffure, d'une bibliothèque, d'un restaurant et d'un magasin de cadeaux, bref, tout ce dont on pouvait rêver. Kelly avait été effrayée par sa beauté et son luxe quand elle s'était embarquée deux jours plus tôt. Si seulement elle pouvait se détendre un peu et jouir des agréments de la traversée...

« Et maintenant, le grand final de notre soirée d'amateurs... »

Le capitaine Eaton marqua un arrêt et sourit gentiment à Kelly et à Lisa.

« Voici nos gagnantes, les sœurs Chapman ! Applaudissons-les ! »

Kelly se raidit. Le brouhaha lui rappelait celui des passagers dans l'avion. Il fallut la pression de la main de Lisa sur son bras pour l'empêcher de leur hurler d'arrêter.

« Ne sont-elles pas merveilleuses ? entendit-elle le capitaine déclarer. Et elles ne sont pas jumelles, même si elles en ont bien l'air ! »

Des jumelles ! Kelly se força à sourire. Juste parce qu'elles portaient les mêmes ensembles. Si tous ces gens avaient l'impression qu'elle et Lisa se ressemblaient, qu'auraient-ils dit en voyant Lisa et Bonnie Melton, la meilleure amie de Kelly ? Au Kansas, on les prenait souvent l'une pour l'autre, pourtant Bonnie était plus âgée.

Si seulement Bonnie était avec nous ! pensa Kelly. Bonnie avait été la seule à comprendre — et à croire — ce que Kelly avait vécu.

« J'y étais, Bonnie, je t'assure que j'y étais », avait-elle dit à son amie la nuit de l'accident.

Bonnie l'avait regardée sans rien dire et avait acquiescé. Elle avait vu dans les yeux de Kelly une terreur qu'un simple rêve n'aurait pas suffi à provoquer.

« Et il y avait un homme, Bonnie, juste derrière moi. Il a éclaté de rire au moment où l'avion a explosé. C'était comme si l'accident lui faisait plaisir. Il paraissait diabolique et pour une raison que je ne peux comprendre, il était content de la mort de papa et maman. Je le sais...

— Qui était-ce ? Crois-tu que ce soit le responsable de l'accident ?

— J'en suis certaine. Ce n'était pas un accident, Bonnie. Au fond de moi, je suis sûre que cet homme a délibérément assassiné mes parents.

— Qui aurait pu vouloir une si terrible chose ? Je crois, Kelly, que tu as bien eu cette vision que tu m'as racontée. Mais c'était un accident, juste un accident. Tu ferais mieux de ne pas parler d'assassinat, sinon on te croira folle. Essaie de ne plus y penser. Il faut que tu oublies ce que tu as vu. Tu n'as aucune preuve.

— Je n'oublierai jamais, Bonnie ! Jamais ! Aussi longtemps que je vivrai ! »

Revenant au présent, Kelly se sentit envahie par un sentiment de peur. Elle eut soudain l'impression que Bonnie était en danger.

Mais elle essaya aussitôt de repousser cette pensée. *J'ai tout simplement le mal du pays,* se dit-elle. Elle décida de se concentrer sur les chansons et de ne pas tenir compte de ces bizarres pressentiments.

Les accords que Lisa tirait de sa guitare ramenèrent Kelly à la réalité. Elle se tourna vers sa sœur et arbora ce large sourire de théâtre commun à tous les acteurs pour convaincre leur public de leur joie à se produire devant lui. Elle essaya de repérer quelques spectateurs, mais les spots l'aveuglaient. Elle réussit tout de même à discerner des visages familiers. Le docteur Talbot à une table du fond, l'infirmière miss Fenton assise à côté de lui et regardant sa montre à chaque instant comme si elle était en train de prendre le pouls de quelqu'un, le couple d'un certain âge qui venait de l'Ohio et qu'elle avait rencontré à table à midi et tout en avant, le joueur de tennis professionnel qui voyageait avec ses parents.

« Okay, les amis, fit Lisa. Encore une. Vous voulez quelque chose en particulier ?

— *Michael ramène le bateau au quai !* » cria une voix.

Tandis que les spectateurs éclataient de rire, Kelly poussa un petit grognement.

« Je déteste cette chanson, glissa-t-elle à Lisa.

— Contente-toi de sourire et de chanter », répliqua cette dernière en plaquant quelques accords et en jetant à sa sœur aînée un regard qui voulait dire : « un peu de sérieux ».

Lisa montait sur scène pour des spectacles d'amateurs depuis l'âge de huit ans. Elle ne s'était pas encore rendu compte que sa sœur ne montrait pas le même enthousiasme.

Kelly se pencha sur le micro et chanta. Après le premier couplet, Lisa invita les spectateurs à reprendre le refrain avec elles.

Quand la chanson fut terminée, un homme d'équipage ralluma les lumières et le capitaine Eaton sortit des coulisses pour apporter l'argent du prix. Kelly trouva sa présence et la lourde senteur de sa pipe étrangement réconfortantes. Il lui rappelait son père. Dès l'instant où elles avaient mis le pied à bord, il les avait traitées Lisa et elle comme des objets fragiles à manier avec précaution. Quand il les rencontrait, il s'arrêtait pour leur parler et s'occupait spécialement d'elles aux repas. Il veillait à ce qu'elles soient bien en sécurité dans leur cabine la nuit. Kelly trouvait ces attentions agréables mais un peu inquiétantes. Pourquoi faisaient-elles ainsi figure de V.I.P. ?

« Nous allons peut-être organiser dans quelques jours toute une soirée de chansons, déclara le capitaine Eaton après avoir remis leur prix à Kelly et à Lisa. Chants folkloriques en compagnie des sœurs Chapman ? Qu'est-ce que vous en dites, toutes les deux ?

— Magnifique ! répliqua Lisa. C'est tellement amusant de monter sur scène ! »

Kelly était heureuse de voir sa jeune sœur retrouver sa gaieté. Elle, au moins, retirerait quelque chose de cette croisière.

« Qu'en penses-tu, Kelly ? »

Kelly désirait surtout s'en aller.

« Heu !... Ça me semble intéressant, répondit-elle en essayant de paraître normale. C'est plus sympathique de chanter en chœur plutôt que seule.

— Parfait ! Nous en reparlerons demain, déclara le capitaine Eaton. Il est tard maintenant. Vous, vous avez besoin de dormir, jeunes filles ! Mais rappelez-vous une chose : c'est l'usage que les gagnantes de notre premier concours de chant montent à nouveau sur scène pendant la croisière. Je compte donc sur vous ! »

Il laissa retomber sa casquette sur son crâne chauve et dit bonsoir. Lisa et Kelly retournèrent se promener sur le pont. Pendant un moment elles s'appuyèrent au bastingage pour regarder les étoiles, écouter le grondement des machines et le fracas des vagues contre la coque.

Les embruns salés mouillaient les joues de Kelly et lui rappelèrent les pensées obsédantes qui l'avaient envahie un peu plus tôt dans la soirée.

Une gerbe d'écume la gifla brusquement, l'obligeant à fermer les yeux. Elle éprouva une étrange vibration et se souvint immédiatement de cette même sensation éprouvée la nuit où elle avait assisté à la mort de ses parents.

Cette fois elle craignit de s'évanouir et tendit la main pour toucher le bras de Lisa. Si seulement elle arrivait à cacher cette peur...

« Tu es contente que nous ayons gagné ce soir ? demanda-t-elle à Lisa.

— Nous avons eu de la chance ! s'exclama Lisa avec enthousiasme. J'ai hâte de recommencer ! Nous avons été bien, Kelly ! Qui sait ? C'est peut-être un début ? Imagine que nous passions à la télévision ? »

Kelly envia l'optimisme et la candeur de sa sœur. Elle ne voulait pas la décourager mais se sentait incapable de rivaliser avec l'exubérance de Lisa.

« Retournons à notre cabine, dit-elle. J'ai un peu mal au cœur.

— Tu as le mal de mer ?

— Je ne crois pas.

— C'est toujours à cause de papa et maman ? Tu sais, j'aurais voulu qu'ils puissent nous voir ce soir ! »

Kelly se força à sourire.

« Non, je ne pensais pas à eux. Nous sommes ici pour essayer d'oublier ce qui est arrivé.

Non, j'ai dû manger quelque chose que je digère mal. Cela ira mieux tout à l'heure ! »

Elle ne voulait pas le dire à Lisa, mais elle avait l'impression d'être sur le point de s'évanouir.

Lisa ouvrit la porte de leur minuscule cabine et alluma la lumière au moment où elles y entraient. Deux étroites couchettes et une coiffeuse occupaient toute la place disponible. Mais il y avait un hublot. On pouvait regarder dehors si l'on souffrait de claustrophobie.

« Il va falloir nous entraîner, déclara Lisa. Si demain nous renonçons à aller nager... »

Kelly se laissa tomber sur sa couchette et se massa doucement le front et les yeux.

« Lisa, tu es dingue ou quoi ? Tante Chris espère bien que cette croisière va nous changer les idées. Si tu t'imagines que je vais me passer de nager pour faire des vocalises !...

— Je pensais à notre avenir, Kelly.

— Je n'ai envie de penser ni à l'avenir ni à quoi que ce soit ! »

Elle haussa les épaules en proférant ce mensonge. En fait, elle était obnubilée par cette sensation de vertige qui allait crescendo.

« Ce n'est pas vrai, Kelly.

— Qu'est-ce qui n'est pas vrai ?

— En ce moment précis, tu penses à nouveau à ton rêve. Je pourrais parier !

— Quel rêve ?

— Celui que tu as fait la nuit où papa et

maman sont morts. Tu n'es plus la même depuis ! »

Elle regarda Kelly se frotter les yeux.

« Comment imaginer être de même après un tel choc ?

— Ce n'est pas pareil pour toi, Kelly. Ce n'est pas seulement d'avoir perdu papa et maman. Tu te conduis comme si autre chose allait arriver. Qu'est-ce que c'est ? Qu'est-ce qui ne va pas ?

— Tout va bien, non ! » cria Kelly qui tenta aussitôt de se rattraper. « Excuse-moi. Tu as raison. Il est inutile d'évoquer le passé. Mieux vaut faire des projets d'avenir. Qui sait ? Cette croisière va peut-être nous promouvoir futures vedettes ? Ecoute, pourquoi n'essaierais-tu pas de dormir un peu comme nous le conseillait le capitaine Eaton ? Je vais faire quelques pas sur le pont, cela me détendra les nerfs. »

Lisa était en train de jouer avec sa brosse à cheveux. Elle réfléchit à la suggestion de sa sœur.

« Okay, Kelly, conclut-elle. Mais j'aimerais que de temps en temps tu me dises ce que tu as dans le crâne. Je ne suis plus un bébé, non ?

— Je sais, Lisa. Là n'est pas la question. Maintenant, va dormir. Je reviens dans quelques minutes. »

Kelly sortit de la cabine et referma la porte derrière elle. Elle grimpa les marches de la coursive qui menait au pont.

Le sombre océan l'environnait. Les vagues tourbillonnantes se renouvelaient sans cesse, changeantes et cependant les mêmes. La jeune fille était sensible à leur rythme fougueux mais aussi à leur secret message. Chacune d'elles, avec sa crête blanche, paraissait lui tendre une main en lui disant : « Viens, suis-moi ! »

« Bonnie ! Bonnie ! »

Kelly cria le nom tout haut mais les vagues dominèrent le son de sa voix. Comme elle souhaitait être de retour au Kansas auprès de son amie ! Simplement en prononçant son nom, elle se sentait plus proche d'elle.

Elle ferma les yeux.

« Bonnie ! »

Quand elle les rouvrit et qu'elle regarda ses mains, ce fut comme si elle pouvait voir à travers elles la rambarde de cuivre à laquelle elle s'agrippait. Quant à ses pieds, ils ne touchaient plus le pont, il s'en fallait de l'épaisseur d'un cheveu.

Il faisait clair. Le soleil du Kansas — intense, chaud, rayonnant — brillait. Elle ferma à nouveau les yeux.

Kelly sentit vibrer le silence qui l'entourait. Puis les vibrations s'accentuèrent. Ce fut comme si elle allait y être engloutie. Et Kelly sut que ce n'était plus la peine de lutter.

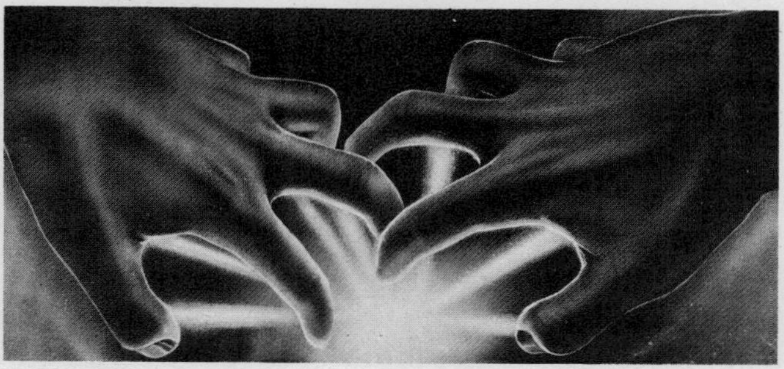

CHAPITRE 2

« Kelly, tu m'entends ? »

Kelly essaya de rouvrir les yeux mais c'était impossible. IL lui fallut attendre que les vagues aient disparu. Un vent plus chaud, plus sec, vint frapper son visage.

« Kelly ! »

La voix était plus aiguë maintenant. Elle reconnut les intonations de Bonnie.

« Kelly, nous sommes en danger. Il faut que je te parle ! »

L'océan avait disparu. Kelly portait toujours sa jupe rouge rayée avec une cordelière en guise de ceinture mais elle marchait sur un sentier qui traversait une prairie. Etait-ce une hallucination ? Non, c'était trop réel pour en être une. Kelly sentait la poussière du sentier s'infiltrer dans ses sandales, et elle foulait des plantes qu'elle reconnaissait au fur et à mesure : des laiterons, des vulpins. Elle aperçut un tournesol qui avait poussé tout seul dans le fossé. L'odeur du trèfle rouge parfumait l'air.

« Kelly, tu m'entends ? »

Kelly se retourna.

« Tu es venue ! J'avais si peur !

— Bonnie ! »

Kelly vit sa meilleure amie s'approcher lentement d'elle. Elle semblait flotter à sa rencontre sur un nuage de poussière. Kelly voyait bien qu'elle avait le souffle court.

Kelly avait elle aussi la bouche sèche. Elle revint sur ses pas. Une sensation de picotement lui rappela quelque chose. Oui, c'était ce qu'elle avait éprouvé la nuit où ses parents étaient morts.

« Parle-moi ! murmura Bonnie lorsqu'elles furent côte à côte.

— Que t'est-il arrivé, Bonnie ? Où sommes-nous ? »

La main de Kelly était toute molle. Bonnie la prit et la serra très fort. Ce n'était pas un rêve. L'aspect dépenaillé de Bonnie était à la fois choquant et bien réel. Ses cheveux couleur de miel pendaient en mèches folles. Des larmes inondaient ses joues et ses yeux bleus reflétaient la peur. Son chemisier avait un accroc à l'épaule gauche. Il y avait des taches de sang sur sa poche à demi arrachée qui ne tenait que grâce à une épingle de nourrice.

« Bonnie, qu'est-ce qu'il y a ? » demanda Kelly.

Sa voix trembla tandis qu'elle examinait son amie en détail.

« J'ai à te parler, Kelly. Tu es la seule qui puisses me comprendre et me croire. »

Elle jeta un coup d'œil furtif par-dessus son épaule mais il n'y avait personne en vue. Rien d'autre que la prairie déserte et nue.

« Je t'écoute. »

Kelly se sentait tout engourdie. Son amie avait des ennuis. Elle devait lui venir en aide. Elle détacha l'épingle qui tenait la poche de Bonnie et la mit dans sa propre poche pour qu'elle ne soit pas perdue.

« Bonnie, où sommes-nous ? Qui nous a amenées là ? »

Kelly avait peine à dominer le sentiment de panique qui l'envahissait.

Bonnie baissa les yeux et passa son bras sous celui de Kelly. Pendant un instant, ce fut comme autrefois quand elles se racontaient leurs secrets de petites filles.

« Il faut que je te dise que tu avais raison, Kelly. Tu avais terriblement raison, je m'en aperçois aujourd'hui !

— Je ne comprends pas, Bonnie. Explique-toi. Il faut que nous nous aidions. Qui t'a amenée ici ?

— Je ne sais pas, avoua-t-elle. Je venais juste de sortir de la maison de Jill quand cette grosse voiture noire a ralenti et s'est mise à rouler à côté de moi pendant une centaine de mètres. Kelly, je n'avais jamais vu une auto comme celle-là ! Elle était si longue qu'on avait l'impression qu'elle n'en finissait pas ! Elle s'est brusquement arrêtée et avant que j'aie pu réagir, deux bras m'ont saisie et m'ont jetée sur le siège arrière.

— C'était quand ? Aujourd'hui ? Hier ?

— Je ne sais pas. C'est sans importance. Je n'ai pas pu me défendre. »

Les yeux de Bonnie étaient voilés de larmes.

« Aussitôt la portière fermée, l'homme a appuyé sur un bouton et les vitres sont remontées. Alors l'intérieur de la voiture est devenu noir et il s'est mis à rire. »

Kelly revit l'image d'un homme en train de rire pendant qu'elle regardait l'avion exploser en plein ciel.

Bonnie poursuivit son récit.

« Kelly, je ne sais pas combien de temps je suis restée dans la voiture. Le rire de cet homme m'a paru sinistre et aussitôt après j'ai dû m'évanouir. »

Kelly voyait encore les flammes jaillir de l'appareil en train d'exploser. Et ce rire qui l'avait terrifiée et qu'elle ne savait pas comment arrêter.

Bonnie la prit par les épaules et la secoua vigoureusement.

« Il ne faut pas qu'on croie à une fugue, dit-elle. J'ai pensé à m'enfuir à Miami chez mon grand-père, mais je ne l'ai pas fait. Il ne faut pas qu'on me croie disparue. Tu dois dire aux gens ce qui s'est passé !

— Bonnie, est-ce que cela a quelque chose à voir avec mes parents ? »

Mais Bonnie ne l'entendait pas ou ne pouvait pas répondre.

« Pour moi, c'est trop tard, Kelly ! »

Elle s'arrêta.

Kelly fit encore deux ou trois pas avant de s'apercevoir que son amie n'était plus avec elle. Elle se retourna et l'aperçut gisant sans vie en travers de la route poussiéreuse du Kansas. Sa main droite était tendue comme si elle avait essayé de faire signe à quelqu'un.

Kelly dut prêter l'oreille pour l'entendre.

« Je suis morte, Kelly, murmura Bonnie dans un souffle. Cela s'est passé hier. Tu ne peux me ramener à la vie. Mais sauve-toi, sauve Lisa ! Et toutes les autres. Avant qu'il ne soit trop tard.

— Bonnie, tu plaisantes ? »

Kelly essaya de sourire et ajouta :

« Quand nous approcherons de la ville, nous appellerons ta mère. Elle nous ramènera.

— C'est inutile, Kelly. »

Bonnie disparaissait peu à peu. Déjà Kelly voyait les herbes du sentier à travers son corps.

« Cela ne servira à rien. Tout est fini maintenant, murmura Bonnie.

— Qu'est-ce qui est fini ? »

Kelly faisait des efforts désespérés pour rester en contact avec son amie.

« Je ne suis pas physiquement là, tu sais. Merci d'être venue. Souviens-toi de moi. Parle pour moi quand le temps sera venu ! »

Kelly fit un pas vers son amie mais fut assaillie par une odeur âcre.

« Bonnie ! Bonnie ! » appela-t-elle.

Elle éprouvait un sentiment de peur et de frustration à la fois.

« Nous nous arrêterons à la ferme et j'avertirai un médecin. Il te soignera. »

Elle voulut prendre le poignet de Bonnie mais sa main se referma sur le vide.

Bonnie avait disparu.

« Bonnie, où es-tu ? »

Kelly se mit à crier. Elle essuya ses larmes d'une main poussiéreuse.

« Bonnie ! »

Kelly fit lentement un tour sur elle-même, scrutant attentivement l'horizon vide de tous côtés. Son cœur battait à toute vitesse. Elle était seule, perdue dans un no man's land, sans moyen de retrouver son chemin. Elle mit la main dans sa poche et y retrouva l'épingle et le morceau de tissu déchiré qu'elle avait arraché à la robe de Bonnie. C'était tout ce qui lui restait.

Quoique respirant avec peine, Kelly eut une brusque envie de courir — mais pour aller où ? Elle comprit que la seule chance de s'en sortir était de se calmer et de réfléchir. Où était partie Bonnie ? Comment avait-elle disparu si vite ? Comment avait-elle pu s'évanouir dans la nature comme un fantôme ?

Repliant l'étoffe déchirée, elle la remit avec l'épingle dans sa poche et se dirigea vers une église au clocher de cuivre qui se dressait à l'horizon devant elle. Elle se mit à marcher dans la lumière grise du crépuscule et remarqua que tous les pylônes étaient faits de béton et qu'ils étaient reliés par plusieurs rangs de fils barbelés. C'était une partie du Kansas qu'elle ne connaissait pas encore.

Tous ses sens en éveil, l'odeur du foin fraîchement coupé remplissant l'air, Kelly entendit une colombe appeler son mâle à plusieurs centaines de mètres de la route. A l'est, une lune ronde et rouge comme une citrouille lui parut bizarrement menaçante. Pourtant, lorsqu'elle était dans le Kansas, l'astre lui était souvent apparu ainsi.

Luttant contre la panique qui montait en elle, elle accéléra le pas pour tenter d'atteindre la ville. Ses jambes s'alourdirent et son souffle devint de plus en plus court, mais elle ne se rapprocha pas d'un mètre de son but.

La dernière chose dont elle se souvint fut l'obscurité et un bruit léger de rire.

CHAPITRE 3

Kelly eut l'impression de ne plus être au même endroit.

En ouvrant les yeux, la jeune fille reconnut le docteur Talbot, miss Fenton et Lisa. Tous trois l'observaient d'un air inquiet. Elle se rendit compte qu'elle était étendue sur l'étroite couchette de l'infirmerie du bateau.

« Que... Qu'est-ce qu'il y a ? »

Sa voix était rauque. Sa gorge était si sèche qu'elle pouvait à peine parler.

Le docteur Talbot prit la parole.

« Peut-être pourrez-vous nous dire ce qui vous est arrivé, Kelly. Nous pensions que vous étiez dans le coma.

— J'ai soif ! » murmura-t-elle comme à travers un brouillard.

Elle gisait mollement sur le dos.

L'infirmière, miss Fenton, regarda sa montre puis se hâta d'aller chercher de l'eau.

« Faisiez-vous un mauvais rêve ? » s'enquit le docteur Talbot quand Kelly eut fini de boire.

Il lui prit le poignet et chercha son pouls.

« Un cauchemar ? » répéta-t-il.

Kelly acquiesça. Instinctivement elle comprit qu'il valait mieux accepter la thèse du cauchemar.

« J'ai dû raconter beaucoup de bêtises ?

— Non, dit miss Fenton. Aucune.

— Vous êtes ici parce que Lisa nous a appelés, expliqua le docteur Talbot. Et elle a bien fait !

— J'ai dormi une demi-heure, Kelly, déclara Lisa. Puis je me suis réveillée et j'ai vu que tu n'étais pas revenue. Je me suis souvenue que tu n'étais pas bien et j'ai eu peur qu'il ne te soit arrivé quelque chose. »

Kelly était encore sous le coup de ce qu'elle venait de voir. Elle avait aussi l'impression confuse que ce n'était pas tout, qu'il y avait quelque chose d'autre.

« Où étais-je ? demanda-t-elle à sa sœur.

— Je t'ai trouvée sur le pont. Tu semblais être tombée de ton rocking-chair. Je t'ai secouée par l'épaule, mais tu n'as pas réagi. Alors je me suis aperçue que tu ne respirais pratiquement pas. J'ai cru devenir folle. Je t'ai secouée à nouveau. Tu ne bougeais toujours pas. Je suis donc partie chercher du secours. »

Kelly regarda sa montre. Onze heures trente. Puis elle se tourna vers le médecin.

« Depuis combien de temps essayez-vous de me réveiller ?

— Peut-être une heure », hasarda Lisa.

Le docteur Talbot approuva.

« Je ne sais pas exactement ce que vous avez eu, Kelly. Votre pouls était pratiquement inexistant.

— On n'arrivait pas à te réveiller, intervint Lisa. Je craignais que tu ne sois m... morte ! »

Des larmes brillèrent dans ses yeux.

« Morte ! »

Kelly eut un choc. Elle revit brusquement le corps de Bonnie étendu sur la route qui traversait la prairie.

« Vous aviez presque cessé de respirer, continua le docteur Talbot. Je dois admettre que j'étais déconcerté. Je n'ai jamais vu de cas comme celui-ci.

— Je me sens tout à fait bien maintenant ! »

Kelly essaya de s'asseoir pour rassurer son entourage. Elle ne pouvait leur donner aucune explication valable. Mieux valait ne pas laisser voir au docteur qu'elle lui cachait quelque chose.

« Je suis désolée de vous avoir effrayé. J'ai dû tout bêtement m'évanouir. »

Le docteur Talbot lui jeta un long coup d'œil pensif.

« Pouvez-vous tenir debout ?

— Oui, je crois.

— Si vous êtes capable de marcher, essayez de ne pas vous recoucher d'ici une heure. »

Kelly laissa pendre ses jambes au bord de la couchette et se leva. Les forces lui revenaient. Sa tête lui faisait un peu mal, mais après cette terrifiante vision, elle s'estima heureuse de se retrouver saine et sauve. Pour dire vrai, elle avait plutôt le cœur serré que mal à la tête. Quelque chose lui disait que ce qu'elle avait vécu n'était pas un cauchemar et que Bonnie était réellement morte.

« Je me sens bien, docteur Talbot. Laissez-moi retourner dans ma cabine. Je resterai éveillée, d'accord ?

— Très bien, Kelly. Mais appelez immédiatement si vous avez besoin de moi. Rappelez-vous que je suis ici pour vous aider.

— Je n'y manquerai pas. Merci de tout ce que vous faites pour moi. »

Lisa aida sa sœur à regagner leur cabine. Quand elles furent seules, Lisa lui demanda d'un ton anxieux :

« Kelly, que s'est-il vraiment passé ? A moi, tu peux le dire ! »

Kelly hésita. Encombrer Lisa avec ses problèmes était bien la dernière chose au monde qu'elle désirait. Lisa avait déjà eu sa part. Ce n'était pas seulement parce qu'elle était plus jeune. Douce, innocente et naïve, Lisa ne voyait jamais le mal nulle part. Malgré la mort de ses parents, elle avait réussi à reprendre une vie normale. Ce n'avait pas été facile, mais elle y était parvenue. Kelly ne voulait pas détruire cet équilibre chancelant.

« J'ai fait un cauchemar ! déclara-t-elle, légèrement.

— Quand ? Lorsque tu étais inconsciente ?

— Oui. Mais maintenant c'est passé. Je crois que je vais suivre la prescription du docteur Talbot et rester debout et marcher un peu.

— Où vas-tu ? Je veux t'accompagner ! insista Lisa.

— Non, j'aime mieux être seule pendant un petit moment. Reste ici. Je te promets de revenir dans peu de temps.

— Je n'aime pas ça, affirma Lisa. Tu es sûre que tu es bien remise ?

— Tout à fait sûre. Il n'y avait rien de grave. L'air frais de la nuit me fera du bien.

— Parfait alors, dit Lisa à regret. Mais si tu t'absentes plus d'un quart d'heure, je partirai à ta recherche.

— Ne te tracasse pas, Lisa, tout va bien ! »

Elle sourit.

En regagnant sa cabine, Kelly décida de téléphoner à Bonnie. Une partie d'elle-même demeurait persuadée que Bonnie était morte. Mais l'idée semblait si absurde que le côté rationnel de son caractère préférait croire que Bonnie était chez elle, au Kansas.

D'une façon ou d'une autre, un appel téléphonique lui révélerait la vérité.

Après avoir embrassé Lisa et lui avoir souhaité bonne nuit, elle grimpa l'étroite coursive qui conduisait au poste radio.

En même temps elle essaya de se rappeler tous les détails de sa rencontre avec Bonnie. C'était terriblement réaliste. Aucun rêve qu'elle avait fait n'avait jamais été aussi intense. Et les parfums... Aucun rêve n'avait à ce point fait appel à ses sens. Elle avait vraiment été là-bas, elle en était convaincue. Les explications médicales du docteur Talbot ne faisaient que renforcer ses soupçons. Et pourtant, cela n'avait pas de signification. Quelle force la rendait capable de communiquer avec Bonnie dans cette autre dimension ?

Elle arriva enfin en face de l'opérateur.

« Je voudrais téléphoner dans le Kansas, déclara-t-elle au jeune homme qui posait sur elle un regard indifférent et poli.

— Quel numéro ? »

Kelly le lui donna et retint son souffle

pendant qu'il établissait la communication avec cette maison distante de plus de deux mille kilomètres.

« Je n'arrive pas à l'obtenir, déclara-t-il au bout de quelques minutes. Je vais encore essayer. Le mieux serait que vous retourniez dans votre cabine, je vous appellerai dès que j'aurai la communication. »

Sur le chemin du retour, Kelly sentit son anxiété augmenter. Pourquoi n'arrivait-on pas à avoir le numéro ? Etait-ce simplement parce que les lignes étaient occupées — ou quelque chose de plus sinistre l'empêchait-il d'établir le contact ?

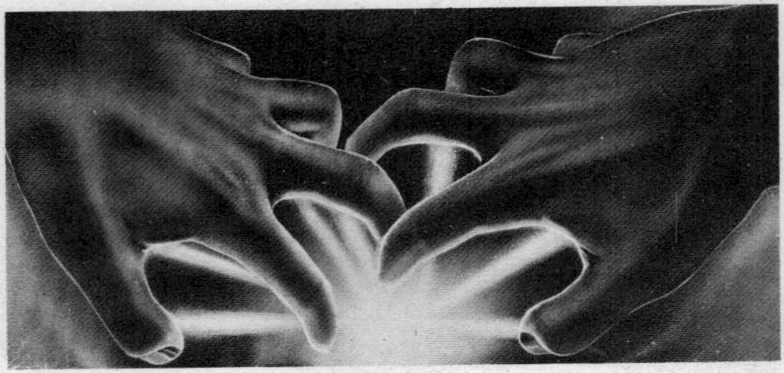

CHAPITRE 4

Le téléphone sonnait au moment où Kelly ouvrait la porte de sa cabine quelques minutes plus tard. Elle se précipita pour répondre, mais Lisa fut plus rapide. De sa voix la plus adulte, la jeune fille déclara :

« Lisa Chapman à l'appareil... Oh ! Bonjour, docteur Talbot... »

Kelly poussa un soupir de soulagement.

« Oui, Kelly est encore debout. Elle ne cesse de marcher. D'ailleurs elle revient à l'instant d'une promenade sur le pont et paraît en bonne forme. Voulez-vous lui parler ?... Non ?... Okay ! Merci d'avoir appelé !

— Qu'est-ce qu'il voulait ? demanda Kelly d'une voix un peu trop aiguë.

— Tu me sembles bien nerveuse, ce soir...

— Excuse-moi. Je crois que la promenade ne m'a pas calmée autant que je l'avais espéré.

— Eh bien ! le docteur était inquiet à ton sujet. Et moi aussi.

— Je vais tout à fait bien, Lisa. Tout ce dont j'ai besoin, c'est d'une bonne nuit de sommeil. »

Kelly s'étendit sur sa couchette et regarda Lisa sortir une carte de sa valise et tracer une ligne avec son doigt à travers la mer des Caraïbes. Elle aurait voulu dire quelque chose à sa sœur pour apaiser son inquiétude. Mais elle avait déjà du mal à ne pas montrer sa propre peur. Avouer la vérité ne ferait que tout compliquer.

« Le bateau accostera à Saint Thomas juste demain à midi, annonça Lisa.

— Je croyais t'avoir conseillée de dormir !

— Je suis trop nerveuse. Et puis je me fais du souci pour toi ! »

Impulsivement, Kelly prit sa sœur dans ses bras.

« Demain matin, tout sera redevenu normal ! »

Cette assurance suffit à Lisa. Elle eut un sourire heureux et déclara :

« Ce sera notre premier jour à Saint Thomas ! Nous allons bien nous amuser, hein ? »

La sonnerie du téléphone empêcha Kelly de répondre. Cette fois, elle décrocha avant le deuxième appel.

« Kelly Chapman à l'appareil ! » énonça-t-elle. Son cœur battait à se rompre.

« Miss Chapman, c'est Jeff, le standardiste. Il y a maintenant une ligne de libre pour Lincoln, au Kansas. Je voulais seulement savoir si vous étiez là.

— Je suis là.

— J'appelle tout de suite. »

Kelly raccrocha le combiné.

« Qui était-ce ? demanda Lisa.

— Oh ! tout à l'heure, en me promenant, j'avais le mal du pays. J'ai eu envie de téléphoner à Bonnie ! »

Elle pensait qu'en présentant ainsi les choses, Lisa ne s'inquiéterait pas.

« Oh ! Je voudrais lui parler moi aussi ! Lui dire que nous avons gagné le prix ! »

Kelly marcha de long en large jusqu'à ce que le téléphone sonnât. Ce fut Lisa qui décrocha.

« Ici Lisa Chapman... Ah ! Bon... Voudriez-vous essayer un peu plus tard, dans la matinée ? »

Lisa reposa l'appareil d'un air désappointé.

« C'était le standardiste. Personne ne décroche chez Bonnie.

— Je le savais, déclara Kelly avant d'avoir réfléchi.

— N'est-ce pas bizarre ? s'étonna Lisa. Les

parents de Bonnie ne s'absentent jamais le soir. Surtout depuis... Quelle heure est-il à la maison en ce moment ?

— A peu près dix heures et demie.

— Bizarre, murmura Lisa en se glissant sous ses couvertures.

— Non, bredouilla Kelly cherchant comment rassurer sa sœur. Peut-être un orage a-t-il coupé la ligne ? Ou alors sont-ils dans le jardin et n'entendent-ils pas la sonnerie. Jeff nous préviendra quand il réussira à les joindre. »

Mais, en son for intérieur, elle n'y comptait guère.

« Tu dois avoir raison », déclara Lisa.

Kelly s'étira et bâilla. Elle s'efforçait d'être moins tendue.

« Je crois que j'ai bien suivi les prescriptions du docteur Talbot. Quelle nuit... »

Elle enfila sa chemise de nuit, mais prit soin d'abord de cacher le morceau de poche déchirée de Bonnie et l'épingle double dans un coin de sa valise pour que Lisa ne les découvre pas.

Kelly savait qu'elle ne dormirait pas cette nuit-là. La respiration régulière de Lisa indiquait un sommeil calme. Tout le monde rêve ! Kelly, couchée sur le côté, pleurait doucement, le nez dans son oreiller. Ses parents étaient morts, et c'était maintenant Bonnie, sa meilleure amie ! Elle ne pouvait se l'expliquer, mais elle était certaine que tous trois avaient été victimes d'une force inconnue.

« Serai-je la prochaine victime ? s'interrogea-t-elle. Où — elle frémit à cette pensée — est-ce que ce sera le tour de ma sœur ? »

Deux mois auparavant, les Chapman étaient une famille heureuse et normale. Et maintenant une force diabolique cherchait à les détruire tous. Pourquoi ? ne cessait-elle de se demander. *Pourquoi ?*

Kelly songea à ses parents. Son père avait été un agent d'assurances très respecté à Lincoln. Sa mère travaillait bénévolement dans une bibliothèque publique et aidait aussi à la paroisse. Pendant des années, ils avaient vécu dans une petite maison d'un quartier peu élégant de la ville. Tout, dans leur vie, était absolument normal. En oubliant les petites frictions habituelles parmi des gens vivant ensemble, on pouvait dire que l'entente entre tous était excellente.

Six mois auparavant, quelque chose avait changé. M. Chapman avait accédé à un poste plus important et ils avaient pu s'installer dans le très sélect quartier de Gable Hills. Kelly aurait préféré ne pas vivre si loin de sa meilleure amie Bonnie. Mais ses parents n'avaient pas cédé. Pour eux, il s'avérait capital de faire enfin partie de la haute société de Lincoln. Aussitôt après l'emménagement, ses parents s'étaient fait inscrire au Country Club de Gable Hills et avaient été accaparés par un tourbillon d'activités.

Kelly se rappela combien ses parents avaient été contents le soir où ils avaient été invités à leur première réception au Country Club. Sa mère paraissait si jolie dans sa robe de satin blanc ! C'était son premier modèle haute couture ! Le profond décolleté de la tunique mettait en valeur un pendentif étincelant où des brillants se mêlaient aux initiales *CCGH* finement ciselées. Chaque membre du club recevait ce bijou. Même son père en avait reçu un, mais ce soir-là, il était resté caché sous son smoking noir. Tous deux s'étaient montrés si joyeux que Kelly avait éprouvé un sentiment de culpabilité pour avoir grommelé sur leur déménagement. L'ambition de toute leur vie était enfin satisfaite et après des années de sacrifice pour élever leur famille, ils méritaient bien d'avoir enfin satisfaction.

Pourquoi donc avaient-il dû mourir juste au moment où tout s'arrangeait ? Kelly frappa son oreiller avec ses poings et ne s'arrêta que lorsqu'elle entendit Lisa gémir dans son sommeil.

Kelly se retourna sur le dos et pensa à nouveau à la nuit de l'accident. Plusieurs fois, ce soir là, elle avait pensé à l'improviste à ses parents, et s'était demandé s'ils étaient contents de leur voyage. Ils en avaient pris brusquement la décision. Elle avait également cru entendre la voix de sa mère. Kelly avait d'abord pensé être le jouet de son imagination. Mais l'appel s'était fait plus fort et plus pressant jusqu'au moment où, sans le savoir, elle avait quitté le monde réel pour pénétrer dans cet enfer où elle avait assisté à la désintégration de l'avion.

Bonnie avait agi de même cette nuit, se souvint-elle. C'est ainsi qu'elle s'était retrouvée dans une autre dimension. Tout en frissonnant, Kelly se demanda si elle pouvait basculer de sa propre volonté dans cet univers différent. Bien que cette seule pensée la terrifiât, elle se rendit compte qu'elle devait essayer si elle voulait interrompre cette mystérieuse chaîne de morts.

Sans pouvoir s'expliquer pourquoi, elle décida de porter le pendentif de diamant que sa mère lui avait donné le soir du départ. Kelly fut surprise de découvrir combien le contact en était chaud. Puis, fermant les yeux, elle se concentra en pensant à ses parents, mémorisant leurs places dans l'avion. Son père fumait, ils étaient donc dans la partie réservée aux fumeurs. Elle pouvait le voir allumant une cigarette. Puis elle visualisa chacun des traits du visage de sa mère : ses yeux immenses, son nez un peu long, sa bouche pleine, rouge sombre. Les lèvres remuaient. Soudain, elle perçut la voix de sa mère.

« Je ne sais pas si cela fera une différence, l'entendit-elle demander à son père.

— Nous n'avons pas le choix », répliqua-t-il.

Il écrasa son mégot dans le cendrier. C'était,

semblait-il, sa dixième cigarette depuis le départ de l'avion.

« C'est notre seule chance de sauver les enfants !

— Nous sauver ? interrogea Kelly. Papa, de quoi parles-tu ? »

Mais au contraire de ce qui s'était passé avec Bonnie, Kelly, cette fois, ne put communiquer directement avec ses parents. Pourtant l'image était aussi distincte que si elle était assise en face d'eux.

« Mais qu'arrivera-t-il s'il nous suit ? s'enquit alors sa mère.

— Nous ne l'avons pas vu dans l'avion, non ? »

M. Chapman se força à sourire.

« Ecoute, nous avons annoncé à tout le monde que nous prenions des vacances à Mexico. Personne ne sait que nous avons pris l'avion pour Houston. Pas même les enfants. Comment aurait-il pu le deviner ?

— Phil, il sait tout ! Il sait combien nous étions criblés de dettes, combien nous désirions une vie meilleure aussi bien pour nous que pour nos deux filles. Nous ne lui avons jamais rien dit et pourtant il sait... »

Ce fut tout ce que Kelly perçut. Il y eut un moment de silence étrange, suivi par une terrible explosion.

Clignant les paupières, Kelly se retourna dans sa cabine. Tout y était comme elle l'avait laissé. Lisa dormait encore dans la couchette voisine, sa valise était restée sur le plancher, la lune visible par le hublot. Kelly tira sur sa poitrine la mince couverture bleue pour essayer de sécher la sueur froide qui la faisait frissonner jusqu'aux os. Elle était encore plus bouleversée qu'auparavant.

Elle eut également la certitude que sa sœur et elle-même se trouvaient en danger.

CHAPITRE 5

Quand Kelly se réveilla le lendemain matin, quelqu'un frappait à la porte de la cabine. Un coup d'œil rapide lui révéla que la couchette de Lisa était vide.

« Juste une seconde ! » cria-t-elle.

Elle s'assit et regarda sa montre. Onze heures. Il fallait vraiment qu'elle ait été épuisée pour avoir dormi si longtemps. Prenant en hâte un vêtement dans la petite penderie, elle courut à la porte.

« Bonjour, Kelly, lança le docteur Talbot. Excusez-moi si je vous réveille, mais j'ai pensé que je ferais bien de venir voir comment vous allez !

— Il est temps que je me lève, répliqua la jeune fille. Mais ne vous faites aucun souci pour moi, je suis en pleine forme. »

Elles aspira profondément l'air frais du matin, dans l'espoir qu'elle disait vrai.

« Kelly, si vous vous habilliez ? Vous viendriez sur le pont au soleil pour prendre du café et des bretzels, d'accord ? »

Intriguée, Kelly se demanda si le médecin avait l'intention de l'examiner à la lumière du jour.

« Entendu ! accepta-t-elle de bonne grâce. Je serai au bar à côté de la piscine dans un quart d'heure. Cela vous convient-il ?

— Parfait. A tout à l'heure ! »

L'esprit absent, Kelly enfila un des séduisants ensembles que Lisa avait préparés pour leur croisière. Ils étaient tous coupés sur le même modèle mais de différentes couleurs. Lisa avait tenu à ce que les sœurs Chapman fussent immédiatement reconnaissables.

Quand Kelly atteignit le pont supérieur, le docteur Talbot l'y attendait déjà avec un plateau de café et de bretzels. Tout aujourd'hui semblait parfaitement normal. Elle commença de se demander si les terribles images de la nuit précédente n'étaient pas un tour cruel que lui jouait son imagination.

« Vous arrivez juste à temps pour apercevoir Charlotte-Amalie ! » s'écria le médecin en tendant la main vers l'île vert émeraude qui venait de surgir dans l'océan.

Une brise légère rafraîchit les joues de Kelly. Elle porta un toast à la beauté de Saint Thomas. On apercevait derrière des palmiers des bâtiments juchés sur les collines. Et plus bas les mâts des voiliers pointaient vers le soleil.

Des mouettes criardes passaient et repassaient au-dessus de leurs têtes. Kelly respira profondément, essayant d'apprécier l'air marin en dépit de l'angoisse qui l'étreignait. Elle crut voir un moulin à vent et demanda au docteur Talbot si c'était bien ça. Il regarda dans la direction qu'elle lui montrait.

« Je ne vois rien qui ressemble à un moulin à vent ! » déclara-t-il.

Elle-même ne vit plus rien.

« C'était sans doute une illusion d'optique !... »

Elle changea vite de conversation.

« Charlotte Amalie, quel drôle de nom !

— C'est, je crois, celui d'une princesse danoise légendaire. Mais dites-moi, Kelly, comment vous sentez-vous aujourd'hui ?

— Oh bien ! J'ai dormi comme une souche jusqu'au moment où vous avez frappé à ma porte. Je suis en pleine forme.

— Vous feriez quand même mieux de ne pas vous fatiguer aujourd'hui.

— Lisa et moi avons l'intention de descendre à terre. Pas de problèmes ?

— Non. Mais n'en faites pas trop ! »

Il ne put en dire plus car Lisa surgit à leurs côtés.

« Comment te sens-tu, Kelly ?

— En forme ! Le docteur Talbot me permet d'aller à quai à condition de rester calme.

— Splendide ! Où déjeunerons-nous ? Sur le bateau ou à terre ?

— Nous déjeunerons à Saint Thomas ! Je crois que mon estomac pourra supporter la nourriture locale !

— Je ne vous retiens pas plus longtemps alors, conclut le docteur Talbot. Amusez-vous bien !

— Merci ! » dit Kelly.

Quand il fut parti, elle se tourna vers Lisa.

« On y va ?

— Attendons que les autres soient descendus ! Ce n'est pas la peine d'affronter la cohue !

— J'ai hâte d'être à terre ! N'attendons pas trop. Juste le temps de prendre un sac et de me maquiller un peu.

— Moi, je dois d'abord changer de vêtements. Pendant que j'y pense, personne n'a téléphoné ce matin ?

— Non, pas d'appels », répondit Kelly.

Elle ajouta vivement :

« Je parie que Jeff a oublié d'avertir son remplaçant de refaire le numéro.

— Nous essaierons d'appeler Bonnie un autre jour. »

En entendant prononcer le nom de Bonnie, Kelly frissonna. Elle se ressaisit cependant et déclara :

« En réalité, je crois qu'un appel au Kansas doit coûter joliment cher. Je vais plutôt envoyer une carte postale à Bonnie ! »

Kelly se força à sourire, espérant que Lisa ne découvrirait pas le fond de sa pensée.

« Oh ! soupira Lisa déçue. Mais je pense que tu as raison ! »

Kelly tenta de ne pas montrer son impatience pendant que Lisa allait et venait dans la cabine, essayant un ensemble puis un autre. Finalement elle se décida pour un short jaune et un t-shirt rayé et suivit Kelly dans les couloirs.

Durant ce temps, la plupart des passagers étaient déjà descendus sur le quai de Saint Thomas. Du pont, Kelly pouvait entendre les klaxons des taxis, les cris des gens et les rires des touristes se dirigeant vers les boutiques. Elle n'en pouvait plus d'attendre. Tous ces bruits semblaient lui dire : « Viens. »

Lisa passa la première sur l'appontement. Les deux sœurs marchèrent ensuite l'une à côté de l'autre sur le quai bondé. Une jeune indigène prenait des photos et tendait les tickets aux touristes. Trois garçons plongeaient pour attraper les pièces de monnaie qu'on leur jetait au fond de l'eau. Un vieil homme dessinait à grands traits des portraits sur son chevalet.

Mais aucun d'eux ne retint longtemps l'attention de Kelly.

« Vois-tu un kiosque à journaux par là ? demanda-t-elle à Lisa.

— En tout cas pas sur le quai ! Pourquoi ?

— Oh ! tu me connais, dit Kelly avec une fausse gaieté. Je ne vais pas pouvoir patienter un jour de plus pour acheter *Abbie* ! »

C'était l'hebdomadaire pour jeunes le plus lu depuis plusieurs années.

« On le trouvera probablement dans le quartier commerçant, par là-bas ! » répliqua Lisa.

Kelly accéléra le pas. Elle avait hâte de trouver un marchand de journaux. Il y avait autant de circulation sur le quai que sur une autoroute avec tous ces taxis qui faisaient la navette entre le bateau et la ville. Mais quand elles furent enfin dans les rues, les deux sœurs eurent l'impression de plonger dans le passé. En dépit de sa nervosité, Kelly ne put s'empêcher d'admirer la file d'étalages où s'alignaient de merveilleuses terres cuites. Peut-être, en se concentrant sur l'environnement, éviterait-elle d'avoir des visions ?

« Regarde l'épaisseur de ces murs, fit-elle remarquer. Ils doivent être vieux de plusieurs siècles !

— Escaladons cet escalier, suggéra Lisa. J'aimerais savoir où il mène.

— Tout à l'heure, Lisa ! » répliqua Kelly.

Impérativement, elle désirait d'abord acheter un journal.

« Faisons plutôt du lèche-vitrine. »

Les deux filles errèrent à travers la ville, ne s'arrêtant que pour admirer les objets exposés dehors. Elles dépassèrent le fort Christian et l'ancien marché aux esclaves. Mais au grand déplaisir de Kelly, elles n'aperçurent pas le moindre kiosque.

« Allons manger quelque chose, proposa Lisa. Je meurs de faim ! »

Elles trouvèrent deux sièges sur la terrasse d'un snack-bar. Après une longue attente — trop longue pour Kelly — elles purent enfin déguster des crêpes au homard en buvant du thé glacé.

« Et maintenant, plaisanta Lisa lorsque Kelly eut vidé son assiette, tu ne te sens pas un peu mieux ?

— Sûrement ! C'était délicieux ! »

Soudain quelque chose attira son regard.

« Lisa, je vois une boutique de journaux de l'autre côté de la rue ! »

Juste au moment où elle se précipitait, un taxi déboucha, et, sans la présence d'esprit de Lisa qui la tira vite par le bras, Kelly se serait fait renverser.

« Kelly, ça va ? » s'écria Lisa.

Kelly était tremblante. Elle eut du mal à reprendre son souffle.

« Ça va, assura-t-elle enfin. Il est arrivé si

vite que je n'ai pas eu le temps de l'apercevoir ! »

Mais quelque chose en elle-même lui souffla que le chauffeur avait délibérément tenté de l'écraser.

« Il nous faut être prudentes, affirma Lisa. Ces chauffeurs de taxis sont complètement fous ! »

Elles attendirent qu'il n'y ait plus aucune voiture en vue et alors seulement se risquèrent à traverser la rue. Kelly, encore étourdie, se fraya un chemin à travers la foule des acheteurs et s'adressa à un employé.

« Recevez-vous la presse de Miami ou de Wichita ? » demanda-t-elle.

Le garçon haussa les épaules.

« Cherchez vous-même !

— Plein d'ardeur au travail, hein ? chuchota Lisa. Pourquoi les journaux de Miami ?

— C'est pour vérifier s'ils connaissent ou non le Kansas ! » persifla Kelly.

Impossible d'avouer à Lisa qu'elle pensait y trouver des nouvelles de Bonnie. Le grand-père de son amie était un juge célèbre en Floride, et s'il était arrivé quelque chose à la jeune fille, les quotidiens en feraient état.

Kelly réussit à dénicher quelques journaux de Miami. Elle acheta les trois derniers numéros. Elle paya le garçon qui empocha l'argent d'un air bougon.

« Les indigènes n'ont pas l'air d'apprécier les touristes ! déclara Lisa.

— Ils ne sont pas forcément tous comme ça. Aimerais-tu passer tes journées à regarder des touristes se bousculer pour essayer de dépenser plus d'argent en deux heures que tu n'en gagnes en deux semaines ? Ce n'est pas étonnant qu'ils ne nous aiment pas.

— Mais toi, tu ne voulais acheter que des journaux. Le garçon aurait pu sourire au moins une fois ! Bof ! Où allons-nous lire tout ça ?

— Là-bas de l'autre côté ! »

Kelly montra une place plantée d'arbres. Vite, elle entraîna sa sœur sous un flamboyant et elles s'assirent sur l'herbe constellée de pétales colorés.

« Puis-je également les regarder ? demanda Lisa.

— Je te les donnerai quand je les aurai finis. Pourquoi ne te détends-tu pas un peu en regardant le paysage ? »

Kelly prit le premier quotidien et se mit à parcourir les titres. Puis elle chercha dans les pages intérieures la rubrique des nouvelles locales. Colonne par colonne, page par page, elle étudia les titres. Rien. Quand elle arriva aux bandes dessinées et à la page des jeux, elle le donna à Lisa.

Elle tourna les pages du second exemplaire avec un sentiment d'angoisse croissant. En page 5, enfin, un titre affreux lui sauta aux yeux. Elle lut le cœur serré :

La petite-fille d'un juge de Floride disparaît.

Kelly ferma les yeux pendant un moment, incapable de continuer. Puis sans s'en rendre compte, elle frappa violemment du poing l'article.

Le bruit fit sursauter Lisa plongée dans les bandes dessinées.

« Qu'est-ce qu'il y a ? demanda-t-elle.

— Rien ! mentit Kelly.

— Laisse-moi voir ! »

Avant que Kelly ait pu réagir, Lisa saisit le journal et vit le titre.

Elle poussa un cri de surprise.

« Ce n'est sûrement pas vrai ! »

Kelly lui arracha le journal des mains et lut le court article à voix haute :

Bonnie Melton, la petite-fille du juge à la cour d'appel de Floride, Max Melton, a disparu de son domicile à Lincoln, au Kansas, depuis hier soir. Les parents de miss Melton déclarent que la jeune fille n'a rien changé à ses occupations habituelles dans la journée et on n'a pu trouver aucun indice donnant les motifs de sa disparition. Les services compétents la recherchent activement.

« Oh non ! cria Lisa tandis que des larmes lui montaient aux yeux. Tu le savais, Kelly, hein ?

— Oui, avoua Kelly.

— Mais comment ? C'est pour cela que tu voulais téléphoner ? »

Kelly acquiesça.

« Hier, quand j'étais sur le pont, il m'est arrivé la même chose que le soir de l'accident de papa et maman. Mais cette fois, c'est Bonnie que j'ai vue. Elle était quelque part au Kansas, dans la campagne. J'ai pensé que c'étaient peut-être mes nerfs qui me jouaient un tour, c'est pourquoi je ne t'ai rien raconté. »

Kelly sentit que sa sœur n'avait pas besoin d'en savoir plus pour l'instant.

« Je ne te crois pas, affirma Lisa.

— Bonnie va sans doute très bien, répliqua Kelly en essayant de la calmer.

— Mais nous n'en savons rien ! Oh ! Kelly, il faut que tu préviennes la police ! Peut-être que cela l'aidera à la retrouver. Tu as lu l'article ? Ils n'ont aucun indice. Tu peux les mettre sur la voie !

— Qu'est-ce que je leur dirais ? Que j'ai eu une vision ? Ils penseraient que je suis folle !

— Non, Kelly, insista Lisa. Tu sais très bien que la police utilise parfois les visions des gens qui s'adonnent aux sciences psychiques. Il faut essayer, Kelly. Tu dois aider Bonnie ! »

Kelly se tourna vers les quais.

« Tu as sans doute raison. Revenons sur nos pas, je vais y réfléchir.

— Okay ! »

Lisa replia les journaux et les rangea dans son sac de plage.

Kelly essaya de se concentrer tandis qu'elle marchait le long des rues étroites, trop bouleversée pour prêter attention à la débordante activité qui régnait autour des boutiques.

« Lisa, dit-elle après un moment, si cela doit te tranquilliser, je vais donner un coup de fil anonyme à la police de Miami. »

Lisa, d'un coup de pied, envoya rouler dans le caniveau une boîte de conserve vide.

« Oh ! Kelly, c'est une bonne idée ! Le juge Melton pourra agir ! »

Kelly releva ses cheveux sur sa nuque, laissant l'air marin caresser sa peau.

« Seulement je ne peux pas appeler de la *Reine des Caraïbes* !

— La réponse est là, Kelly ! »

Lisa lui montrait une cabine téléphonique adossée à un restaurant de l'autre côté de la rue.

Kelly n'avait plus le choix. Fouillant dans son sac, elle prit la monnaie qu'elle venait de changer. Ses doigts tremblants eurent du mal à saisir les pièces. Finalement elle réussit à en mettre suffisamment dans l'appareil et parla avec l'opérateur qui l'invita à attendre. La ligne resta muette mais après quelques secondes, un autre opérateur intervint. Penchée par-dessus son épaule, Lisa venait de s'emparer de l'écouteur. Kelly souffrait de claustrophobie. Il faisait plus de quarante degrés dans la cabine et les deux jeunes filles étaient moites et mal à l'aise.

« Je voudrais parler au chef de la police de Miami, dit Kelly.

— La ligne est occupée, madame, vous patientez ? »

L'opérateur avait un accent anglais difficile à comprendre.

L'attente leur parut interminable. Une mouche bourdonna au-dessus de leur tête. Des gouttes de sueur salée humectaient les lèvres de Kelly. De l'autre côté de la porte, des gens s'impatientaient, pressés de téléphoner àleur tour. Un son strident ébranla brusquement l'air et Kelly en sentit les vibrations jusque dans les semelles de ses chaussures.

Lisa la poussa du coude.

« C'est la sirène de la *Reine des Caraïbes.* Il est temps de partir !

— Ce n'est que le premier coup, répliqua Kelly. Nous avons...

— Voici votre communication, madame. »

La voix de l'opérateur fit sursauter Kelly. On lui désigna le nombre de pièces à glisser dans l'appareil. Kelly obtempéra et le bruit qu'elles firent en tombant résonna comme un glas.

« Bureau de la police municipale ! énonça une voix de femme.

— J'ai... j'ai des renseignements à donner sur le cas de Bonnie Melton.

— Un moment, je vous prie. »

Un silence s'ensuivit puis quelques secondes plus tard, Kelly entendit un déclic.

« Inspecteur Dyers à l'appareil. Vous pouvez nous révéler où se trouve Bonnie Melton ?

— Ou... Oui !

— Quel est votre nom ?

— Bonnie est au Kansas. Dans une zone rurale où les clôtures sont faites avec des fils barbelés tendus entre des poteaux de béton. Tout à côté d'une petite ville avec une église dont le clocher est de couleur cuivrée... »

Un nouveau déclic sur la ligne lui fit comprendre qu'on enregistrait ses paroles.

« Mademoiselle, qui êtes-vous ? demanda à nouveau l'inspecteur Dyers. Où avez-vous puisé ces renseignements ? »

Mais Kelly avait dit tout ce qu'elle savait. Elle raccrocha. Pendant un instant, elle appuya sa tête contre le mur et soupira profondément. Sa bouche était si sèche qu'elle avait du mal à avaler.

« Voilà, c'est fait, conclut-elle d'une voix enrouée, retournons au bateau ! »

Kelly abandonna la moiteur de la cabine téléphonique pour se retrouver face au regard froid, inquisiteur, d'un policier de *Saint Thomas.* La crainte l'envahit. Avait-il entendu la conversation ? Mieux valait ne pas savoir. Poussant Lisa du coude, elle hâta le pas en direction de la *Reine des Caraïbes,* jetant de temps en temps un coup d'œil en arrière pour voir si l'homme les suivait. Il avait disparu mais Kelly avait l'impression que tous les passants qu'elle croisait lui jetaient des regards insidieux. Quelqu'un l'avait-il entendue téléphoner ? Si la police lui demandait des explications, elle ne saurait pas quoi répondre.

Elles arrivaient près du pont d'embarquement quand le deuxième coup de sirène retentit. Le bruit était si strident que Kelly se demanda si sa tête n'allait pas exploser.

« Je ne tiens plus debout, dit-elle à Lisa en ouvrant la porte de leur cabine. Je pourrais rester couchée jusqu'à demain matin !

— Mais le spectacle ! protesta Lisa. Nous avons promis au capitaine Eaton de chanter ce soir ? Tu t'en souviens ?

— J'avais oublié.

— Tu dois y venir, affirma Lisa. Nous avons promis. »

Une petite larme perla au bord de son œil droit. Kelly ne voulait pas faire de la peine à sa sœur.

« Ne t'inquiète pas, j'irai ! Laisse-moi seulement m'étendre un petit moment ! »

Elle envoya promener ses sandales à travers la cabine et se laissa tomber sur sa couchette.

« J'espère qu'ils vont vite retrouver Bonnie ! » s'écria alors Lisa.

Kelly rouvrit les yeux.

« Je suis sûre que les prochaines nouvelles des journaux nous apprendront qu'elle est saine et sauve ! »

Mais Kelly jeta un coup d'œil à sa valise qui contenait la poche déchirée et l'épingle. Elle savait, hélas, qu'il n'en serait rien.

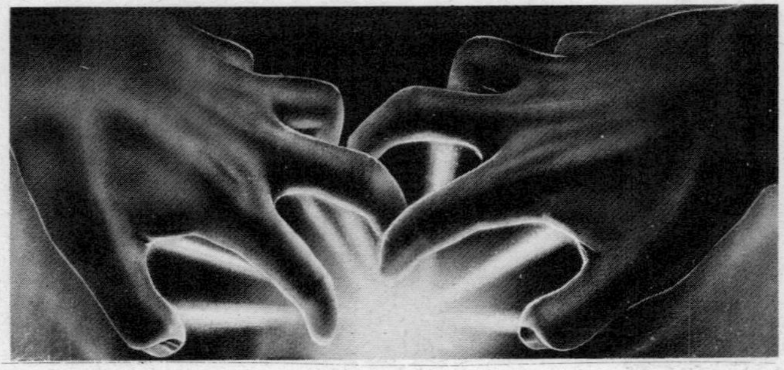

CHAPITRE 6

Ce fut la sonnerie du réveil qui, en la faisant sursauter, força Kelly à revenir sur terre. Elle crut d'abord que c'était le matin, mais en ouvrant les yeux, elle vit qu'il faisait nuit et se souvint s'être assoupie avant le dîner. Elle alluma la lampe de chevet et vit un mot que Lisa lui avait placé sur son oreiller. L'écriture de sa sœur avait un côté familier et rassurant.

« Kelly, je suis montée sur le pont supérieur. Viens m'y retrouver. Ne sois pas en retard ! »

A côté de son billet, Lisa avait déposé un

sandwich pour sa sœur. Kelly sourit mais elle se sentait trop nerveuse pour pouvoir manger. Elle ouvrit le hublot et jeta le sandwich à la mer.

L'air frais lui fit du bien. Elle ne pouvait s'empêcher de se demander si elle avait été suivie.

Kelly arriva dans les coulisses juste quelques minutes avant leur entrée en scène, à Lisa et à elle. Plusieurs personnes attendaient. Un danseur de claquettes. Un siffleur. Un prestidigitateur. Etait-ce son imagination ? Kelly avait l'impression que tous la regardaient de façon particulière. Le docteur Talbot et miss Fenton avaient-ils parlé de son évanouissement ?

« On dirait un spectre, s'écria Lisa en tendant à Kelly sa guitare. Tu as eu un autre cauchemar ?

— Non, assura Kelly qui continuait à scruter avec inquiétude les visages autour d'elle. Quel est notre premier numéro ?

— *Cette terre est votre terre.* Tu es prête ?

— Pas de problèmes ! » répondit Kelly.

Lisa écarta les rideaux et elles approchèrent du micro.

Kelly examina les spectateurs pendant que Lisa présentait leur chanson, mais elle faillit laisser choir sa guitare en apercevant un policier de Saint Thomas arpentant la salle et s'arrêtant à certaines tables, pour poser des questions.

« *Ils me cherchent,* pensa-t-elle, frappée de terreur. *Que dois-je faire ?* »

De toute évidence elle attirerait encore plus l'attention en quittant la scène. Elle n'avait pas le choix, il fallait chanter jusqu'au bout. Il lui sembla que leurs six chansons duraient des siècles. Elle s'apprêtait enfin à partir, mais les spectateurs demandèrent un bis.

Après avoir salué, elles se glissèrent enfin dans les coulisses. Presque aussitôt, un steward tendit une enveloppe fermée à Kelly.

« Un admirateur ! » plaisanta Lisa.

Kelly n'était pas d'humeur à rire. Les mains tremblantes, elle déchira l'enveloppe.

Son cœur ne se remit à battre normalement que lorsqu'elle eut lu le message.

« Qu'est-ce que c'est ? demanda Lisa.

— Oh rien ! »

Elle soupira.

« Bobbie-Jo voudrait qu'on se voie demain tous les trois pour mettre au point un numéro. »

Lisa prit le papier des mains de Kelly.

« Comment, rien ? Mais c'est la chance de notre vie ! »

Tout en mettant le message dans sa poche, elle suivit Kelly sur le chemin de leur cabine.

« Nous avons fait un malheur ce soir ! chantonna Lisa tout en enlevant son maquillage. Tu te rends compte ? S'il y avait un impresario à bord du bateau et qu'il...

— Lisa, est-ce que tu crois que nous trouverons à *Charlotte Amalie* les journaux de Miami ? »

Kelly s'était mise devant le ventilateur, laissant l'air frais caresser ses joues. Son esprit était à des kilomètres de là.

Lisa la regarda, abasourdie.

« Comment le saurais-je ?

— Je me demande si les journalistes parleront de mon appel téléphonique.

— On le verra bien ! »

Kelly s'excusa et se mit au lit.

Comme elle ne parvenait pas à dormir, elle eut envie de nouveau de tester ses pouvoirs. Peut-être pourrait-elle en apprendre davantage sur les circonstances de la mort de Bonnie. Serrant dans ses doigts le pendentif de sa mère, elle ferma les yeux et se projeta mentalement l'image de son amie. La vision devint plus précise. Kelly battit des paupières et fut à nouveau transportée au Kansas.

Il lui fallut plusieurs minutes pour reconnaître une pièce sombre qui sentait le renfermé. Elle était située au sous-sol de la maison de Bonnie. Ses yeux finirent par s'acclimater à la faible lumière et elle aperçut Bonnie à l'autre bout, la tête appuyée contre la cheminée. Une étrange odeur — comme si l'on brûlait de l'encens — flottait dans cette pièce. Kelly se rapprocha.

« Bonnie, Bonnie, est-ce toi ? »

Bonnie continuait à se pencher vers le conduit de la cheminée. Elle semblait écouter quelque chose et ne répondit pas.

Etonnée, Kelly s'approcha encore et voulut la toucher mais ne rencontra que le vide. Comme la nuit où avait eu lieu l'accident de ses parents, Kelly n'était que spectatrice. Mais elle n'attendit pas longtemps car elle entendit bientôt la conversation qui avait lieu dans le salon situé à l'étage au-dessus.

« Le monde sera à vous, disait une voix masculine. La fortune, le pouvoir, le succès, l'influence. Tout ce que vous pourrez désirer, vous l'aurez ! »

Kelly eut d'abord l'impression que l'homme essayait de vendre aux Melton des cours par correspondance, mais ce n'était pas cela.

« La clef de ces richesses, c'est de faire partie du Country Club. Beaucoup d'autres y sont venus et ils ont découvert d'eux-mêmes que tout ce que je vous expose est vrai. Etes-vous intéressés ?

— Pourquoi pas ? murmura le père de Bonnie.

— C'est ce que je voulais vous entendre dire ! »

L'homme marqua un temps d'arrêt. Il y eut un bruissement de papiers, puis il reprit :

« Maintenant, si vous répétez ces paroles — c'est un peu comme un rituel d'initiation — vous pourrez devenir membres du club sous peu.

— Très bien », opina M. Melton.

Kelly entendit les Melton répéter des vocables étranges prononcés d'abord par l'homme mystérieux. Qui était-ce ? Elle connaissait un certain nombre de membres du Country Club, mais ce n'était la voix d'aucun d'eux.

« Il n'y a plus qu'à signer ces papiers, reprit l'homme. De simples formalités.

— Pas de problème, répliqua M. Melton.

— Et voici bien entendu ce qui fait l'orgueil de chacun des membres du club, le pendentif de Grave Hills. Ce bijou a beaucoup de valeur, comme vous le découvrirez bientôt. Ne le laissez pas tomber dans de mauvaises mains. »

Kelly eut un hoquet de surprise. Sa main effleura le pendentif qu'elle portait autour du cou et elle frissonna.

« Bienvenue au club ! continua l'homme. J'espère que vous saurez profiter de toutes nos activités.

— C'est dommage que Doris et Phil ne soient plus là pour se réjouir avec nous, dit Mme Melton d'un ton attristé.

— Les Chapman ? »

Kelly n'aima pas le ton méprisant que prit l'homme en prononçant leur nom.

« Ah oui, les Chapman. Ils manquaient de classe, vous savez. D'ailleurs, on les avait rayés du club peu avant leur malheureux voyage. »

Kelly essaya de contenir les battements de son cœur. Elle voulait en entendre davantage.

« Je l'ignorais, déclara Mme Melton. Je me demande bien pourquoi.

— Ils ont manqué de discrétion. Ils étaient une menace pour le club.

— Je pense que ce ne sera pas notre cas », rétorqua M. Melton.

Il s'exprimait comme s'il se trouvait en état de transe.

« Parfait. Nous avons des moyens de venir à bout de ceux qui violent nos règles. »

L'étrange éclat de rire que Kelly connaissait si bien éclata soudain dans la pièce. Il monta, s'intensifia tant et tant que les murs parurent trembler.

Bonnie restait immobile, comme frappée de stupeur. Kelly, elle, se mit à hurler. Elle n'entendit bientôt plus que ses propres cris.

CHAPITRE 7

Penchée sur la couchette de sa sœur, Lisa la secoua le lendemain matin.

« Hé, Kelly, réveille-toi ! Nous avons rendez-vous avec Bobbie-Jo juste après le petit déjeuner !

— Quoi ? murmura Kelly en se redressant lentement.

— Nous pourrons aussi descendre à terre cet après-midi. Viens vite déjeuner ! »

Lisa lui prit le bras pour la tirer de sa couchette.

« Allons, vite, je meurs de faim ! »

Kelly put tout juste poser un regard vide sur sa sœur. Son esprit était encore occupé à décrypter les messages de ses visions nocturnes. L'expérience l'avait laissée sans forces. Ses draps trempés de sueur étaient aussi mouillés que si on les avait laissés dehors sous la pluie. Une nouvelle pièce du puzzle lui avait appris qu'un homme avait poussé ses parents à s'inscrire au Country Club exactement comme il l'avait fait pour les Melton. Elle devinait sans l'ombre d'un doute que derrière les mots qu'ils avaient dû répéter, il y avait quelque chose de diabolique. Ses parents avaient-ils essayé de s'enfuir avant d'être tués ?

« Viens, Kelly, insista Lisa en l'arrachant de ses pensées. Nous allons être en retard ! »

Kelly n'avait guère envie, mais elle s'habilla rapidement et suivit Lisa jusqu'au restaurant en plein air. Elle eut du mal à rester en place pendant le petit déjeuner. Son esprit vagabondait. Elle suivit ensuite Lisa jusqu'au pont du grand salon. Bobbie-Jo les attendait dans un petit bureau qui donnait sur le couloir.

Bobbie-Jo Blake était responsable des spectacles et divertissements de tous genres sur le bateau. Il avait quelques années de plus que Kelly, une silhouette souple et athlétique et un sourire enthousiaste qu'elle trouvait fort déplaisant.

« Bon, vous deux, asseyez-vous ! dit-il cordialement en leur désignant deux fauteuils de toile. Le capitaine Eaton m'a chargé de vous parler. Il est question que vous chantiez toutes deux sur scène et vous feriez reprendre en chœur par les spectateurs. On organiserait ça après la séance de cinéma du soir.

— Ce serait formidable ! » répliqua Lisa sans laisser à Kelly le temps de répondre.

Bobbie-Jo sourit.

« Bien. Pourriez-vous être à la salle de spectacle à dix heures ? Le film se termine généralement un peu après. Nous inviterons tous ceux qui ont envie de rester à se joindre au chœur. Généralement les noctambules adorent ça !

— Magnifique ! dit Lisa. Avec accompagnement de guitare, j'imagine ? Guitare espagnole ou guitare électrique ? Nous avons les deux.

— Je ne sais pas si des guitares suffiront. Que diriez-vous d'un pianiste ?

— Qu'est-ce que tu en penses, Kelly ? s'enquit Lisa.

— Hein ? Oh, c'est toi qui décides, Lisa ! »

Kelly n'arrivait guère à se concentrer sur leur tour de chant.

« Il faudra distribuer des photocopies des chansons, ajouta Bobbie-Jo. Pouvez-vous écrire les paroles de quelques chansons et me faire parvenir les textes avant midi ?

— Pas de problèmes », répondit Lisa.

Kelly se contenta de la regarder sans paraître comprendre.

« Très bien, les photocopies seront prêtes ce

soir, conclut Bobbie-Jo en se levant. Je crois que nous avons fait le tour de la question. Merci de votre aide ! »

Les jeunes filles revinrent à leur cabine.

« Cela va être amusant ! dit Lisa en tendant à Kelly la moitié des feuilles de papier que leur avait remises Bobbie-Jo.

— Occupe-t'en toute seule. Je voudrais bien me reposer un moment encore.

— Tu n'as pas assez dormi ?

— Je n'ai pu m'empêcher de penser à Bonnie !

— Si tu m'aidais à transcrire ces chansons, cela te changerait les idées ! »

Kelly essaya. Mais la seule qui lui vint à l'esprit fut *Bonnie gît au fond de l'Océan.* Sur une page blanche, elle écrivit une centaine de fois « Bonnie » et au bas de la page elle ajouta en gros caractères : « Pourquoi ? » Puis elle froissa la feuille, en fit une boule et la jeta par le hublot.

Le quai était presque désert quand les deux sœurs s'apprêtèrent à descendre du bateau. Il n'y avait plus que deux petits garçons qui plongeaient dans la mer pour ramasser des cailloux et un vieil homme qui pêchait. Il leur sourit.

Que veut-il ? s'interrogea Kelly qui lui lança un coup d'œil soupçonneux.

Tout en descendant le long du quai, elle scruta la colline qui se profilait derrière la ville. Puis elle se demanda ce qu'elle cherchait.

Lisa lui jeta un regard inquisiteur.

« Qu'est-ce qui ne va pas, Kelly ?

— Oh rien ! Hier j'ai cru apercevoir un grand moulin à vent au-dessus de la colline. Mais je ne le vois plus. Il doit être caché par les arbres. »

Quand elles atteignirent le kiosque, elle s'adressa au vendeur qui l'avait accueillie froidement la veille :

« Excusez-moi, avez-vous reçu le quotidien de Miami aujourd'hui ? »

Le jeune homme désigna une pile de journaux d'un air maussade. Kelly en prit et paya.

Les jeunes filles revinrent en hâte jusqu'au quai pour lire leur journal. Kelly choisit un endroit suffisamment éloigné du pêcheur. Cependant, avant de s'asseoir sur le béton frais, elle jeta un regard à la ronde. Personne ne semblait se préoccuper d'elle. Elle s'assit enfin, laissant ses jambes pendre au-dessus de l'eau.

« Tu en prends une moitié et moi l'autre », dit-elle à Lisa.

Elle eut vite fait de parcourir les feuilles qu'elle avait gardées et fronça les sourcils.

« Echangeons nos pages et cherchons à nouveau. Ce n'est pas possible qu'il n'y ait rien ! »

Tout au bas de la page 12, elle découvrit un entrefilet de deux lignes. On disait seulement qu'il n'y avait rien de nouveau.

Kelly et Lisa se regardèrent.

« Et ton appel, alors ? demanda Lisa.

— Ils n'ont pas dû me prendre au sérieux. »

Elles se dirigèrent ensuite vers le même snack-bar que la veille et se perchèrent sur leur tabouret avant de commander des citrons pressés. Kelly se mit à observer ce qui se passait autour d'elle et à écouter tous les bruits. Elle espérait ainsi arrêter le cours de ses pensées. Une odeur douceâtre de frangipane flottait dans l'air. Derrière elles, un jeune vendeur poussait une carriole et la rue retentissait de ses cris : « Noix de coco ! Pastèque ! Mangues ! » Sous le bar, un transistor diffusait de la musique.

« Ce serait amusant de vivre ici, hein ! » déclara Lisa qui observait aussi toute cette agitation.

Kelly ne répondit pas tout de suite. Mais elle fut brusquement attentive quand le présentateur de la radio annonça les informations. Après le récit d'un accident de la circulation et l'annonce d'une grève, le journaliste continua : « La police de Miami a reçu une étrange information concernant la disparition de la petite-fille du juge Max Melton. Hier après-midi un coup de fil anonyme leur indiquait une zone isolée dans la campagne du Kansas. L'appel venait de Charlotte-Amalie, Saint Thomas. Nous venons d'apprendre que la police du Kansas orientait ses recherches en fonction de ce renseignement. »

Les informations achevées, la musique douce reprit. Kelly murmura :

« Ils ont donc trouvé d'où provenait l'appel !

— Et alors ? Il y a des milliers de gens sur cette île ! La plupart d'entre eux savent téléphoner. Pourquoi te soupçonnerait-on ?

— L'équipage du bateau sait que nous venons du Kansas. Ils peuvent le signaler à la police et nous serons peut-être interrogées...

— Kelly, ils savent aussi que nous étions ici quand Bonnie a disparu. Comment aurions-nous su ce qu'elle faisait au Kansas au même moment ?

— Pourtant, je le sais, dit Kelly. Bien sûr je ne peux pas l'expliquer et je suis persuadée que personne ne me croirait.

— La police te croira peut-être ?

— Allons donc ! Jamais ! Cette histoire est digne d'un film de science-fiction. Crois-tu sincèrement que la police prenne ça au sérieux ? Et si c'était le cas, ce serait probablement pire pour moi parce qu'il me faudrait répondre à des tas de questions, ce que je suis incapable de faire. »

Kelly haussa les épaules pour cacher sa peur.

« Si seulement je pouvais en dire plus à la police !

— Tu vas peut-être avoir une autre vision ? »

Cette idée fit frissonner Kelly. Elle se leva brusquement après avoir regardé de tous côtés pour être sûre que personne ne les espionnait.

« Marchons un peu. Je commence à avoir mal à la tête.

— Okay ! »

Elles quittèrent le café et errèrent au hasard des rues étroites où flottait une odeur de fleurs exotiques.

Au bout d'un moment, elle s'assit sur un muret et vit deux policiers s'avançant dans leur direction.

« Partons, souffla-t-elle à Lisa en lui agrippant le poignet.

— Mais pourquoi ? On est bien ici.

— Viens et ne pose aucune question ! »

Puis, oubliant sa sœur, elle se leva et galopa jusqu'au bateau. D'autres policiers patrouillaient sur le quai, mais Kelly parvint à se faufiler à travers la foule sans éveiller les soupçons. Une fois à bord, elle se précipita à travers les coursives et les couloirs jusqu'à sa cabine. Elle entra et claqua violemment la porte derrière elle. Elle poussa le verrou.

Elle se retint pour ne pas hurler quand on frappa quelques minutes plus tard.

« Kelly, ouvre-moi ! C'est moi !

— Tu es seule ?

— Naturellement ! Laisse-moi entrer ! »

Kelly ouvrit enfin et Lisa explosa :

« Qu'est-ce qui t'a pris de courir comme ça ? »

Kelly respira à fond plusieurs fois.

« J'ai vu des flics qui arrivaient. Je ne voulais pas qu'on me pose des questions sur Bonnie. Je ne peux rien dire de plus. »

Lisa se laissa tomber sur sa couchette.

« Tu parles des agents qui se trouvent sur le quai ?

— Heu !... »

Kelly se dirigea elle aussi vers sa couchette.

« Ils étaient sur le bateau hier soir. Tu ne les as pas vus quand nous étions sur scène ?

— Oublie ça, Kelly. Ce n'est pas toi qu'ils cherchent.

— Qu'est-ce que tu en sais ? interrogea-t-elle, surprise.

— Bobbie-Jo m'a dit ce matin qu'ils cherchaient de la marchandise de contrebande. En fait, il s'agit surtout de drogue.

— Tu en es sûre ? »

Lisa fit signe que oui puis ajouta :

« Tu deviens complètement parano ! Si tu veux, je vais prier un steward de nous apporter un plateau. Nous dînerons ici tranquillement, puis nous irons voir le film avant de monter en scène.

— Okay. Mais je n'ai pas faim ! »

Lisa sortit et partit à la recherche d'un steward. Kelly s'étendit sur sa couchette. Elle fit un effort pour ne plus entendre les sons lancinants qui lui résonnaient dans la tête. Ils étaient aigus et métalliques. On aurait dit une machine. Maintenant qu'elle était couchée, le bruit s'amplifiait. Pendant un instant, elle se crut plongée dans une nouvelle vision et de retour au Kansas. Mais ce n'était pas cela. Pourtant le bruit ne cessait pas. En fermant très fort les yeux elle vit enfin un moulin à vent qui en tournant produisait ces bruits de machinerie.

Encore un moulin à vent ! Mais pourquoi ?

Avant d'avoir pu obtenir une image plus nette, Lisa était de retour dans la cabine. Un steward chargé d'un plateau débordant de nourriture la suivait.

Elles le remercièrent et refermèrent la porte. Le pain à l'ail leur fit venir l'eau à la bouche. Pendant tout le repas, Kelly s'arrangea pour parler poliment de choses et d'autres, mais son esprit était ailleurs.

« Je te demande si tu veux du dessert ? s'impatienta Lisa.

— Si je... Oh non, merci. La salade était copieuse !

— Je vais regarder le film. Viens-tu ?

— Non. Pars devant. J'ai besoin de me reposer... et de réfléchir.

— Non, suis-moi ! insista Lisa. Le film t'empêchera de penser à Bonnie.

— Non. A tout à l'heure, Lisa. »

Kelly se mit à faire les cent pas dans la minuscule cabine. Lisa finit par hausser les épaules puis abandonna la partie et s'en alla.

Kelly mit son réveil de façon à pouvoir dormir deux heures.

Elle prit le pendentif de sa mère et cette fois se concentra sur ses parents. Elle essaya de les visualiser la nuit de l'accident. Mais juste au moment où les images commençaient à prendre forme, Kelly les perdit. Ce fut comme si un signal s'était déclenché et qu'une sorte d'aiguillage l'avait fait changer de voie. Au lieu d'être branché sur l'avion, son cerveau fut transporté au Kansas. Devant elle, Bonnie gisait dans l'herbe et semblait dormir.

Elle paraît si tranquille, pensa Kelly tout en s'approchant du corps. Mais quand elle en fut plus près, Kelly faillit s'évanouir de peur et de dégoût. Il semblait que Bonnie eût été attaquée par une bête sauvage.

Kelly ne put regarder une seconde fois. Avec un sourd gémissement, elle se retourna et se mit à courir de toutes ses forces dans la morne nuit du Kansas.

Puis comme si un nouvel aiguillage avait fonctionné dans son cerveau, elle se retrouva dans la salle à manger de sa propre maison à Lincoln. Son père et sa mère étaient assis sur le canapé. Ils paraissaient fatigués et à bout de nerfs. Ils parlaient à une personne assise dans le fauteuil en face d'eux. Kelly ne pouvait voir son visage mais sa voix froide, aux accents lugubres, était facile à identifier.

C'était la même voix qu'elle avait entendue du sous-sol de la maison de Bonnie.

« C'est impossible, répétait l'homme. On entre au Country Club pour sa vie entière. Personne ne résilie le contrat.

— Eh bien ! nous serons les premiers, répondit M. Chapman, les lèvres serrées. Nous ne désirons plus faire partie du club. »

L'homme eut un petit rire étouffé.

« Vous êtes ingrat, Phil ! Que se passe-t-il ? La maison ne vous plaît plus ? La voiture ? Les vêtements ? Les vacances à votre fantaisie ? Tout cela n'a été possible que grâce au club. Vous ne pouvez plus faire marche arrière.

— Nous paierons ces dettes jusqu'au dernier *cent* !

— Phil... »

L'homme prit un ton condescendant.

« Vous savez... qu'il n'a pas fallu que de l'argent pour obtenir tout cela.

— Oui. Quand vous nous avez parlé du club, vous nous avez affirmé que tous nos souhaits seraient comblés si nous nous engagions à nous dévouer aux buts du club. Doris et moi avons réfléchi et nous avons compris que nous ne pouvions continuer. Ce n'est pas bien.

— Est-ce à vous de me dicter une conduite ? »

L'homme semblait indigné.

« Vous connaissiez le marché quand vous avez décidé d'adhérer. Vous avez signé les documents. Vous avez prêté serment. Et maintenant, vous me déclarez avoir le droit de vous en aller ?

— Mais nous ignorions que d'autres souffriraient en contrepartie, protesta Mme Chapman.

— Si. Vous le saviez. Mais votre désir d'être riches vous l'a fait oublier. Je vous ai expliqué l'équilibre de l'univers. Pour chaque personne dont les souhaits se réalisent, quelqu'un d'autre doit en pâtir. Vous ne demandiez qu'à accepter quand je vous ai fait miroiter les possibilités de richesse et de puissance. Pourquoi avez-vous changé d'avis ?

— Mais monsieur Dougal, intervint M. Chapman, nous avions tort.

— Il est trop tard pour revenir en arrière, répliqua M. Dougal. Qui s'associe avec moi, le fait pour toute sa vie !

— Docteur Dougal, dit Kelly, bien que personne ne pût l'entendre, c'est vous qui avez assassiné mes parents. Ils voulaient quitter votre maudit club et... vous n'avez pas voulu les laisser libres ! »

Des larmes remplirent ses yeux.

Pour la première fois, elle vit alors toute la pièce : l'homme dans le fauteuil était le docteur Dougal, leur médecin de famille que Kelly avait connu toute sa vie ! Mais il semblait différent, comme s'il n'était pas de ce monde. Une froide et noire aura couronnait ses traits émaciés. Ses yeux roux parurent la regarder. Puis ses lèvres épaisses s'écartèrent en un hideux rictus. Pendant que sa bouche s'ouvrait, ses dents et sa langue se transformèrent. Son visage n'eut plus rien d'humain. Sa tête devint celle d'un chacal dont la gueule s'ouvrit, s'ouvrit plus largement encore, laissant pendre une langue horrible tout humide de sang.

« Oh mon Dieu ! gémit Kelly. Aidez-moi ! *Au secours !...* »

CHAPITRE 8

Le réveil sonna. Kelly s'assit brusquement sur son lit et jeta des regards craintifs autour d'elle. Maintenant plus que jamais elle sentait à ses côtés une présence menaçante, diabolique. Même en se rendant compte qu'elle se trouvait à bord d'un bateau, à des milliers de kilomètres du docteur Dougal et du Kansas, elle ne put chasser complètement le sentiment de cette inquiétante présence.

Un coup d'œil sur le réveil lui apprit qu'il lui fallait être sur scène dans un quart d'heure au plus tard. Elle s'efforça de retrouver son calme. Lisa ne devait pas s'inquiéter.

Kelly s'habilla en hâte et se précipita vers la salle de spectacle. Le film venait de se terminer. Kelly regarda Lisa qui accordait sa guitare et Bobbie-Jo surgit devant le grand rideau de velours pour annoncer le tour de chant et distribuer les paroles des chansons. Pendant un moment, on n'entendit plus que des froissements de papier. Quand Bobbie-Jo fit l'annonce du spectacle, Kelly remarqua que la plupart des gens restaient assis sur leurs sièges et lisaient avec intérêt les paroles de leurs vieilles chansons favorites.

« Voici votre micro, Kelly ! »

Bobbie-Jo suspendit un petit microphone d'argent au cou de Kelly.

« Vous en avez chacune un. Comme ça, vous pourrez vous déplacer sans problème.

— Mais j'ai l'habitude d'un micro fixe, dit Kelly.

— Ce ne serait pas pratique pour ce type de spectacle. Il faut que vous puissiez aller et venir. Si vous découvrez quelqu'un qui chante vraiment bien, vous lui demanderez de faire un solo. Vous prospecterez d'un côté de la salle et Lisa de l'autre. »

Les projecteurs s'allumèrent. Kelly observa sa sœur pour copier ses gestes. Le long fil du micro pendait derrière elle. Tout en marchant, elle ressentait la présence d'une force maléfique et eut du mal à se concentrer sur les chants. Ses pieds ne voulaient pas la porter plus loin sur le côté de la scène. Elle pensa soudain que ses visions lui étaient peut-être envoyées par une puissance infernale. Le docteur Dougal s'était-il emparé de son esprit ?

« Commençons par *Tangue, tangue, notre bateau* », annonça Lisa aux spectateurs.

Kelly lui fut reconnaissante de prendre les choses en main. Elle se força à ajouter :

« Allons-y maintenant ! Tout le monde chante ! »

A son grand soulagement, de robustes voix remplirent la salle. Kelly scruta attentivement la foule des visages qui lui faisaient face. « *Docteur Dougal, êtes-vous ici ce soir ?* » se demanda-t-elle. Mais la voix de Lisa interrompit ses songeries. Sa sœur divisait la salle en trois groupes pour les faire chanter en canon.

« Maintenant, reprenons *Je suis un chemineau* », décida Lisa.

Dociles, les spectateurs entonnèrent plusieurs couplets. Puis Lisa lança :

« Et si le monsieur à la chemise bleue qui a une si belle voix chantait seul le prochain couplet ? Les autres reprendront le refrain ! »

Bobbie-Jo fit signe à Kelly de s'approcher de l'homme chauve à la chemise bleue. Kelly s'avança et sentit brusquement ses membres se raidir. Une voix intérieure lui disait de ne pas bouger. Elle avait l'impression que l'ombre cachait soudain un danger. Qui était donc là, derrière elle ? Elle entendit alors la voix de Lisa :

« Allez-y ! Prenez le micro de ma sœur et chantez ! »

L'homme se leva et vint vers Kelly. Celle-ci se détendit brusquement en réalisant qu'elle n'aurait pas à descendre dans la salle.

« Voici ! dit-elle en le lui tendant.

— C'est la première fois que je me sers d'un micro.

— Comment vous appelez-vous ?

— Kick Sweeney.

— D'où venez-vous ?

— De Georgie, mademoiselle.

— Eh bien, Kick, c'est à vous maintenant ! »

Puis se tournant vers les spectateurs

« Mesdames et messieurs... Kick Sweeney ! »

Kick Sweeney rougit de plaisir, et commença de chanter. Le spectacle se passait mieux que Kelly ne l'avait espéré. Peut-être son intuition était-elle fausse. Le docteur Dougal n'était sans doute pas là.

La jeune fille essaya de sourire et frappa dans ses mains en cadence. *Reste calme. Il y a des tas de gens autour. Tu es en sécurité. Le spectacle marche bien,* se répéta-t-elle.

« Encore un autre couplet ! lança une femme.

— Bis ! Bis ! » renchérit un autre.

Kelly acquiesça à cette dernière demande mais au moment où ses yeux se tournèrent vers celui qui venait de parler, son sourire s'évanouit et son cœur fit un bond dans sa poitrine.

Là-bas, assis au dernier rang, souriant et claquant des mains comme les autres, se trouvait un homme qui ressemblait au docteur Dougal.

Kelly respira à fond. Elle devait se tromper. Ce n'était pas possible que ce fût lui. Avec un sourire forcé, la jeune fille remercia le soliste et sans attendre Lisa, elle proposa une nouvelle chanson.

« Ecoutons maintenant *Bonnie gît au fond de l'Océan* », dit-elle en regardant droit dans les yeux le visage diabolique.

Elle reconnaissait le sinistre docteur. Ses cheveux blancs, son menton pointu, ses traits osseux, on ne pouvait s'y tromper. Pour l'instant il semblait vissé sur son siège, mais Kelly savait qu'il pouvait se lever n'importe quand et la surprendre.

Sans le quitter du regard, elle entendit de nouveau les craquements lancinants et monotones de l'invisible moulin à vent.

Les sons s'amplifièrent et un fracas terrifiant se produisit dans la salle. Cela allait-il continuer ? Pourquoi les autres n'entendaient-ils rien ? *Peut-être que je n'ai pas de dons psychiques. Peut-être que je suis tout simplement folle...*

« On en arrive au numéro sept, déclara Lisa. Tout le monde chante... »

Mais cette fois personne ne chanta. En revanche une clameur s'éleva parmi les spectateurs tandis que Kelly, tel un pantin brisé, tombait comme une masse sur le plancher du théâtre.

CHAPITRE 9

Kelly revint à elle dans sa cabine.

« Où est-il ? souffla-t-elle d'une voix mourante.

— Qui ? demanda Lisa, inquiète.

— Le docteur Dougal. Je l'ai vu.

— Ainsi vous ne vous contentez plus du meilleur médecin de bord des Caraïbes ? plaisanta le docteur Talbot.

— Oh non ! Ce n'est pas cela ! Vous ne comprenez pas... C'était lui ! »

Kelly n'avait pas encore remarqué que le docteur Talbot était là. Elle se tourna vers lui.

« Qui est le docteur Dougal ? s'enquit-il.

— C'est un ami de notre famille, à Lincoln. J'ai été terriblement *surprise* de le voir à bord ! »

Elle ne voulait pas laisser entendre qu'il y avait là quelque chose d'inquiétant. Personne ne la croirait.

« Je suis sûr que vous faites erreur, Kelly. J'ai consulté la liste des passagers et il n'y a personne qui vient du Kansas à part vous deux. J'en suis tout à fait certain.

— Il a pu monter à Charlotte-Amalie ?

— Nous n'y avons pris aucun passager.

— Dans ce cas... j'ai dû me tromper ! » dit-elle.

Son visage continuait à refléter le trouble et l'effroi.

« J'aurais dû insister pour que vous vous reposiez davantage après ce qui vous est arrivé. Cette fois-ci, nous n'allons pas recommencer. Miss Fenton va vous apporter des comprimés pour dormir. Je veux que vous les preniez. Après une nuit de sommeil, nous verrons. J'ai promis à votre tante de veiller sur vous deux et vous allez maintenant m'écouter. Est-ce compris ?

— Je vais m'occuper d'elle, docteur Talbot, intervint Lisa. Nous avons toujours eu l'habitude de prendre soin l'une de l'autre.

— D'accord. Bonne nuit à toutes deux. Dormez bien ! »

Dès qu'il fut parti, Kelly sauta à bas du lit, courut à la porte et poussa le verrou.

« Ecoute-moi, Lisa, je ne plaisantais pas. Le docteur Dougal était parmi les spectateurs.

— Comment aurait-il pu être là ? D'ailleurs je ne l'ai pas vu !

— Je l'ignore. Tout ce que je sais c'est qu'il était là. Il faut que tu me croies ! »

Impossible de dire à sa sœur la vérité mais elle devait lui faire comprendre qu'elle n'était pas folle.

« Kelly, pour le moment, je pense que le docteur Talbot a raison. Il faut que tu dormes. Nous avons toutes les deux besoin de repos. La journée a été longue.

— Lisa, murmura Kelly quelques minutes plus tard. Dans combien de temps serons-nous à Saint Jean ?

— Bientôt. Nous y arriverons avant le matin, je crois !

— Dès l'arrivée, nous descendrons et nous passerons toute la journée sur la plage.

— Ça me convient tout à fait. Mais je suis surprise que tu veuilles descendre.

— Je me sens plus en sécurité au milieu de la foule.

— Kelly, tu es vraiment bizarre ! Tout d'abord, tu ne voulais pas aller à terre parce que tu croyais que les policiers te recherchaient. Et maintenant...

— C'est... Oh ! Ne t'occupe pas. Je dois avoir trop d'imagination...

— Ça, sûrement ! » fit Lisa d'un ton gentiment moqueur.

Kelly posa sur sa sœur un regard inquisiteur.

« Tu ne m'as pas crue quand je t'ai dit avoir vu le docteur Dougal ? demanda-t-elle.

— Je le voudrais bien, Kelly, je t'assure ! Mais tu peux aussi avoir eu une hallucination ! Tu n'es plus toi-même. Tu es capable de l'avoir imaginé. Tu es seule à l'avoir vu et le docteur Talbot déclare que personne d'autre que nous ne vient du Kansas. »

Kelly réfléchit un moment et finit par acquiescer.

Cette nuit-là, elle n'arriva pas à s'endormir. Pendant un long moment Kelly regarda la lune à travers le hublot mais quand celle-ci parut se transformer en un visage grimaçant, le visage grimaçant du docteur Dougal, elle se tourna du côté de la cloison.

Le docteur lui sembla être partout. Avait-il le pouvoir de la détruire, elle aussi ? Elle entendit le bruit des machines décroître. Elle eut envie de se glisser hors du lit et de monter sur le pont supérieur afin de voir Saint Jean au clair de lune, mais elle y renonça aussitôt. Le docteur Dougal était peut-être là à l'affût sous une forme ou sous une autre. Elle craignit de s'évanouir et d'avoir une vision qu'elle ne pourrait contrôler. Mieux valait rester dans la cabine.

*
* *

Le lendemain matin, Lisa la secoua. Elle ouvrit les yeux. Les rayons du soleil inondaient leur petite cabine. L'air avait une odeur de fleurs.

« Kelly, déclara Lisa, j'ai pensé que nous aurions encore autre chose à faire à terre ce matin que nos balades.

— Quoi ?

— Chercher dans les journaux les derniers articles sur Bonnie. On a peut-être découvert du nouveau !

— Bonne idée ! »

Kelly frissonna.

Les deux sœurs s'habillèrent et allèrent prendre leur petit déjeuner à la salle à manger. En chemin, Kelly ne put s'empêcher de dévisager d'un œil soupçonneux chacun des passagers. Elle ne vit pas le docteur Dougal.

Au détour d'une coursive, elles tombèrent sur le quadragénaire petit et chauve qui avait chanté en soliste la veille au soir. Aujourd'hui, il portait un short écossais et une chemise en tricot de coton blanc. Il parut aussi surpris qu'elles de cette rencontre.

« Excusez-moi, grommela-t-il d'un ton bourru, je ne vous ai pas entendues arriver ! »

Puis il les scruta et son visage s'éclaira.

« Vous êtes les deux chanteuses ?

— Oui, déclara fièrement Lisa. C'est nous ! Et vous, vous vous appelez Kick Sweeney !

— C'est exact. Vous savez, tout le monde parle de vous ! Vous êtes le succès de la croisière !

— Merci, répliqua Lisa.

— On m'a dit que vous étiez du Kansas ? Est-ce vrai ?

— Oui, répliqua Kelly en essayant de contourner le petit homme.

— Eh bien ! je suis content que vous soyez toutes deux sur le bateau ! »

Il arbora un grand sourire et tendit la main.

Kelly prit la main tendue mais la lâcha aussitôt.

« Nous allions déjeuner, déclara-t-elle.

— Oh ! Alors, je ne vous retiens pas ! Mais il faudra que nous nous retrouvions un de ces jours et que nous bavardions. Je suis du Kansas, moi aussi ! »

Il continua son chemin puis disparut.

Immédiatement, Kelly saisit sa sœur par le bras.

« Lisa ! Le docteur Talbot nous a assuré qu'il n'y avait personne du Kansas à part nous sur le bateau ! Qui est cet homme ? Hier soir, il disait qu'il venait de Georgie. Pourquoi cherche-t-il à nous approcher ?

— Kelly, garde ton sang-froid ! Il cherche à lier connaissance parce que... qui sait ? Peut-être s'intéresse-t-il à toi ? J'ai remarqué que c'était surtout toi qu'il regardait. Peut-être trouve-t-il qu'une croisière est plus agréable quand on se fait des amies ! »

Elle adressa un clin d'œil à sa sœur aînée.

« Mais Lisa, tu as raison, il m'a regardée pendant je ne sais combien de temps ! J'en étais mal à l'aise ! Il ne m'inspire aucune confiance.

— Oh ! Comment se fier à un homme qui porte de pareils shorts ! Quelle horreur ! »

Kelly fit un écho au rire de sa sœur.

Mieux valait penser que c'était seulement un vieux bonhomme cherchant aventure. C'était déjà assez qu'elle-même soupçonnât la vérité. Tant qu'elle pourrait tenir Lisa à l'écart de ce gâchis, ce serait toujours autant de gagné !

Elles commandèrent leur petit déjeuner et se réjouirent d'avance de cette journée où elles n'auraient rien d'autre à faire qu'à se rôtir au soleil. Ce serait agréable de quitter le bateau. Mais Kelly ne pouvait s'empêcher de penser à Kick Sweeney.

Après ce premier repas, elles descendirent sur le quai en compagnie de quelques autres passagers. Elles n'avaient pas fait vingt mètres qu'une voix débordante de cordialité leur criait :

« Alors, filles du soleil, vous allez à terre ? »

Kelly grogna. Kick Sweeney ! Que voulait-il encore ?

« Attendez-moi, mes mignonnes ! Pourquoi n'irions-nous pas ensemble tous les trois ? »

Il prit le bras de Kelly qui se dégagea vivement.

« Monsieur Sweeney, ce sera pour une autre

fois, dit-elle d'un ton glacial. Nous avons d'autres projets ! »

Il essaya encore de lui prendre la main mais elle s'esquiva derechef.

« Venez donc, mon petit ! Que vous arrive-t-il ? Vous avez peur du vieux Kick ? »

Kelly se retourna vers Lisa qui marchait derrière eux à une certaine distance. Lisa paraissait contrariée.

« Bien sûr que non ! rétorqua Kelly.

— Alors qu'est-ce qui ne va pas ? »

Kick lui parut moins aimable.

Kelly cherchait une réponse quand elle aperçut Bobbie-Jo qui se dirigeait de leur côté. Elle fit signe à Lisa et en trois pas, elle rattrapa le jeune homme, laissant Kick désemparé.

« Bobbie-Jo, descendez-vous à terre ce matin ? demanda-t-elle au .petit bonheur la chance.

— Juste une heure ou deux. J'ai encore tellement de travail à bord ! »

Il dévisagea Kelly avant d'ajouter.

« Comment vous sentez-vous ce matin ? Avez-vous pu vous reposer depuis hier soir ?

— Oui, tout va bien maintenant.

— Parfait. Mais vous avez l'air d'avoir rencontré un fantôme !

— J'ai fait des cauchemars. Vous savez, depuis la mort de papa et maman... »

Elle regarda par-dessus son épaule, espérant qu'elle avait semé Kick Sweeney dans la foule. Mais elle l'aperçut. Il avait été momentanément caché par une grosse femme coiffée d'un immense chapeau de paille. « *Oh non !* pensa Kelly. *Il nous espionne !* » Elle prit Bobbie-Jo par le bras et lui chuchota à l'oreille :

« Ecoutez. Nous essayons de nous débarrasser d'un raseur qui s'obstine à nous suivre. Pouvons-nous rester un moment avec vous ? »

Bobbie-Jo sourit et acquiesça du menton. Ce n'était pas la première fois qu'il voyait des hommes d'un certain âge importuner de jolies jeunes filles.

« S'il vient là, je le remettrai à sa place ! » déclara-t-il.

Quelques secondes plus tard, Kick les avait rejoints. Mais avant qu'il ait pu placer un mot, Bobbie-Jo l'interpellait :

« Hello, monsieur Sweeney ! Comment ça va ce matin ? »

La voix de Bobbie avait pris un accent si caressant que Kelly faillit éclater de rire.

« J'étais juste en train d'expliquer aux deux jeunes filles que nous allions monter un vrai spectacle dans deux ou trois jours. Elles et moi allons passer la matinée dans les boutiques pour acheter de quoi fabriquer les costumes. Voulez-vous vous joindre à nous ? «

Il battit des cils d'un air engageant.

« Oh ! Eh bien... J'avais d'autres projets... Toute la matinée, vous dites ?

— Au moins... En fait, nous n'aurons sûrement pas fini ce matin, mais tant pis ! Nous avons toute la journée devant nous, pas vrai, jeunes filles ?

— Oh oui ! renchérit Kelly. Nous n'aurons pas trop de toute la journée si nous voulons tout réunir. Rien ne nous presse, d'ailleurs !

— Alors, bégaya Kick, je vais vous laisser travailler. Peut-être nous rencontrerons-nous plus tard ?

— Sûrement ! répliqua Bobbie-Jo ! A tout à l'heure ! »

Kelly fit une grimace dans le dos de Kick. Bobbie-Jo se tourna vers elle et lui demanda :

« Alors, comment m'avez-vous trouvé dans ce sketch improvisé ? »

Pour la première fois depuis longtemps, Kelly rit de bon cœur. Lisa et elle remercièrent Bobbie-Jo puis ils s'apprêtèrent à se séparer. Mais auparavant, Kelly l'interrogea :

« Bobbie-Jo, Kick Sweeney n'est pas du Kansas ?

— Bien sûr que non ! Il vient d'une petite ville de Georgie. Qu'est-ce qui vous a fait croire qu'il était du Kansas ?

— C'est lui qui nous l'a affirmé.

— Sans blague ? »

Bobbie-Jo fronça les sourcils.

« C'est bizarre. C'est un de ces types du Sud fiers de l'être et qui ne cessent de s'en vanter. Il vous a sans doute raconté cette baliverne pour bavarder avec vous ! »

Il déclara qu'il lui fallait maintenant se

dépêcher et les jeunes filles le remercièrent à nouveau.

« Lisa, décréta nerveusement Kelly quand il fut hors de vue, ne me laisse pas seule aujourd'hui, d'accord ?

— Comme tu veux ! Mais pourquoi ? demanda naïvement sa sœur.

— Si Kick Sweeney était un innocent sudiste, il n'aurait pas prétendu venir du Kansas. Même pour chercher à entrer en relation.

— Kelly, qu'est-ce que tu insinues ? »

Kelly sut que le moment était venu. Elle ne voulait pas effrayer Lisa mais si le docteur Dougal cherchait à la faire disparaître, il pouvait tout aussi bien s'en prendre à sa sœur. Par pure sécurité, Lisa ne devait faire confiance à personne.

« Lisa, j'ai de bonnes raisons de croire que j'ai réellement vu le docteur Dougal la nuit dernière. Et je crois qu'il lui est arrivé quelque chose. Quelque chose qui en a fait un être auquel nous ne pouvons plus nous fier. Je sens qu'il me veut du mal et ce Kick Sweeney est lié d'une façon ou d'une autre avec lui !

— Kelly, ce Kick ne me plaît pas plus qu'à toi mais il ne ferait pas peur à une mouche !

— Tu dois me croire ! »

Elle prit la main de sa sœur d'un geste rassurant.

« Et maintenant, ajouta-t-elle d'un ton léger. Allons-y ! »

Lisa suggéra de s'arrêter pour acheter un journal de Miami.

« Nous allons peut-être apprendre une bonne nouvelle au sujet de Bonnie ! » dit-elle avec espoir.

Chez un marchand de journaux, elles achetèrent des bonbons et le quotidien de Miami où elles avaient déjà trouvé des articles sur leur amie. Elles marchèrent ensuite jusqu'à un square où des pigeons voletaient autour des touristes en train de se rafraîchir à la fontaine. Kelly arracha le papier d'une barre de chocolat pendant que Lisa ouvrait le journal. Soudain, effrayée, elle vit le regard de sa sœur fixer la troisième page.

« Qu'est-ce qu'il y a, Lisa ? Laisse-moi voir !

— Oh ! Kelly ! »

Des larmes jaillirent des yeux de Lisa qui ne put continuer à lire.

« Je ne peux y croire ! Je ne peux y croire !

— Laisse-moi voir ! » répéta Kelly frénétiquement.

Lisa froissa le journal sur ses genoux. Elle semblait revenir d'un autre monde.

« On a trouvé Bonnie, déclara-t-elle d'une voix étouffée.

— Où ? » demanda Kelly en lui arrachant le journal des mains.

Mais avant qu'elle ait eu le temps de regarder, Lisa continuait :

« Dans un champ près de Tipton. Elle est morte, Kelly. Elle est morte !

— Comment... comment est-elle morte ? » demanda Kelly en défroissant les feuilles.

Les phrases alors lui sautèrent aux yeux :

« ... corps affreusement mutilé, déchiqueté par un renard ou par un chien-loup enragé... »

« Mon Dieu ! soupira Kelly. Oh ! Mon Dieu ! »

C'était exactement ce qu'elle avait vu dans sa « vision ».

Pendant de longues minutes, les deux sœurs regardèrent sans mot dire l'eau couler de la fontaine. Finalement Lisa rompit le silence.

« Tu le savais, n'est-ce pas ?

— Oui, murmura Kelly.

— Mais pourquoi ne m'as-tu rien dit ?

— Comment aurais-je pu t'expliquer la façon dont je l'ai appris. Je ne voulais pas te bouleverser encore une fois.

— C'est à cause de ce pouvoir que tu as ?

— Oui, avoua-t-elle à regret. J'avais peur de te raconter tout ce que j'ai vu, peur que tu ne me croies folle...

— Je n'ai jamais pensé que tu l'étais, Kelly !

— De toute façon, voilà la preuve... » ajouta Kelly.

Elle ouvrit son sac et en sortit l'épingle et le morceau de poche déchirée.

« J'ai pris cela à Bonnie la nuit avant... avant sa disparition. »

Lisa reconnut le tissu de la robe.

« Mais ces visions... comment se produisent-elles ?

— Je ne suis pas vraiment sûre, répondit Kelly avec un sentiment de malaise. J'ai fait des expériences pour essayer de trouver comment cela fonctionne afin de pouvoir me contrôler. La seule chose dont je suis certaine est celle-ci... »

Elle montra le pendentif avec les initiales du Country Club de Gable Hills qu'elle portait autour du cou.

« Le Country Club est malfaisant. Quand papa et maman y sont entrés, on leur a donné ces pendentifs qui d'une manière ou d'une autre leur ont servi à obtenir de l'argent, la maison et tous les biens matériels dont nous avons bénéficié l'année dernière. Mais il existait une contrepartie et quand ils ont compris vraiment ce que cela signifiait, ils ont voulu échapper au maléfice. Mais au fond d'eux-mêmes ils se savaient condamnés. La nuit de l'accident, ils avaient compris qu'ils allaient mourir. Leurs sentiments étaient si intenses que j'ai ressenti leur appel. Il y a eu comme un déclic dans mon cerveau et je me suis trouvée là-bas. Ce pendentif... Maman a dû se rendre compte de son importance. Je crois qu'elle a fait appel à sa dernière petite étincelle de vie pour me le mettre en main. »

Kelly suffoqua à ce souvenir.

« Ce pendentif semble m'aider à trouver les victimes du diabolique docteur Dougal. Peut-être va-t-il m'aider à découvrir le docteur

Dougal lui-même. Je dois en faire usage et utiliser mon pouvoir pour empêcher le mal de s'accomplir.

— Comment ?

— En détruisant le docteur Dougal.

— J'ai peur, Kelly. D'abord papa et maman. Maintenant Bonnie. Qui sera le suivant ?

— Je ne connais pas toutes les réponses. Mais tu comprends maintenant pourquoi je me méfie de ce Kick Sweeney ! Je sais qu'il cherche à nous nuire ! »

Lisa frissonna.

« Et tu crois qu'il est de mèche avec le docteur Dougal ?

— Sans doute. Je l'ignore. Je ne sais plus quelle décision prendre.

— Nous pourrions en parler au docteur Talbot, suggéra Lisa.

— Non, il ne me croirait pas.

— Mais tu pourrais lui montrer la poche de Bonnie. C'est la preuve que tu t'es trouvée avec elle !

— Lisa, toi et moi, nous reconnaissons le tissu, mais ce n'est pas la seule robe au monde faite dans ce tissu-là. Le docteur Talbot penserait que je suis hystérique, que la poche vient d'une de mes robes. Non, c'est moi qui ai reçu ce pouvoir, il faut que je me batte toute seule !

— Mais tu n'y arriveras jamais ! Et les parents de Bonnie ? Tu ne crois pas qu'ils t'écouteraient ?

— Cela n'apporterait rien de bon. Dans une de mes "visions", j'ai découvert que le docteur Dougal les tenait eux aussi en son pouvoir. S'ils essayaient de le défier, il les tuerait comme il a tué papa et maman.

— Oh non ! cria Lisa.

— Ecoute, continua Kelly en essayant de retrouver son calme, ne t'inquiète pas, je suis ici pour te protéger et je te jure que rien ne t'arrivera ! Allons à la plage comme nous l'avions décidé. Je réussirai peut-être à y voir plus clair. Mais restons près des autres. Nous allons peut-être trouver des filles ou des garçons de notre âge avec qui nous pourrons parler ou nager.

— Tu as raison. Soyons prêtes à tout ! » conclut Lisa.

Kelly regarda sa jeune sœur avec tendresse.

« Non, corrigea-t-elle, c'est moi et moi seule qui me tiendrai prête à tout ! »

En elle-même elle ajouta : *Il sait que je l'ai découvert. C'est après moi qu'il en a et seulement après moi.*

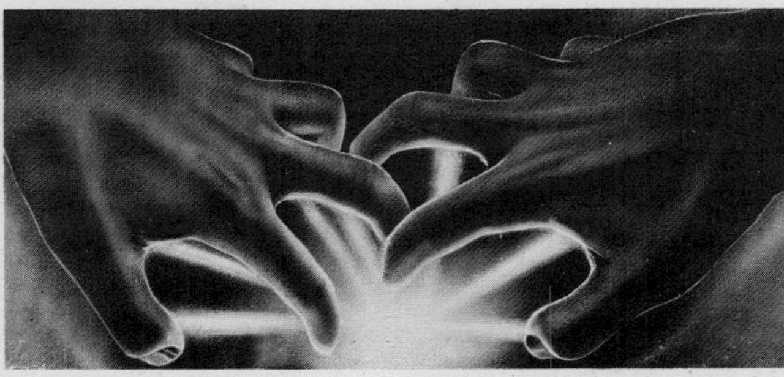

CHAPITRE 10

Kelly et Lisa descendirent en direction de la plage. De temps en temps elles jetaient un coup d'œil derrière elles mais elles n'aperçurent ni Kick Sweeney ni le docteur Dougal. Dans une cabine, elles mirent leurs costumes de bain et s'enduisirent d'huile solaire, avant de s'étendre sur les serviettes de bain de couleur vive qu'elles venaient d'acheter dans une boutique.

Une bande de jeunes jouaient au ballon et discutaient de la soirée d'hier passée à danser chez des amis. Kelly se mit à plat ventre et les regarda avec envie. Comme elle aurait aimé vivre l'été avec des amis et n'avoir rien d'autre à faire qu'à discuter et à se distraire. Elle était malade à force de penser à Bonnie, au docteur Dougal et à se faire du souci pour Lisa. Sans parler du chagrin lancinant qu'elle ressentait au sujet de ses parents.

Elle se retourna de l'autre côté pour regarder Lisa. Sa sœur dormait au soleil. Un chapeau de paille lui protégait les yeux et ses lèvres étaient couvertes d'une couche épaisse de crème. Elle paraissait détendue et sans le moindre souci.

Kelly observa les garçons qui riaient en se lançant le ballon. Leur bronzage était uniforme. Elle aurait aimé aller vers eux, engager la conversation. Peut-être l'un deux l'inviterait-il à sortir ce soir ? Mais c'était impossible. N'importe qui sur l'île pouvait être un agent du docteur Dougal. *Elle ne devait se fier à personne.*

Quelque chose sur la plage attira soudain son attention. Elle battit deux ou trois fois des paupières, ne pouvant en croire ses yeux. Le soleil tropical lui jouait-il des tours ?

Là-bas, tout au bout de la plage, un moulin à vent tournait lentement. Ses ailes métalliques étincelèrent au soleil. Puis il disparut. Y avait-il ou non un moulin à vent sur la plage ?

Elle s'assit pour mieux voir et enleva ses lunettes de soleil. Oui, il y en avait un. Elle eut l'impression d'entendre les craquements de la roue bien qu'il fût à des kilomètres de là.

Puis, tout aussi vite, il disparut de nouveau.

« C'est dément ! » dit Kelly à haute voix.

Lisa se réveilla.

« Qu'est-ce qu'il y a ? Tu as dit quelque chose ? »

Kelly s'était relevée. Le mystérieux moulin à vent était bien là.

« Regarde là-bas, dit-elle. Est-ce que tu vois quelque chose ? »

Lisa s'assit, repoussa son chapeau de paille sur sa nuque et cligna des yeux sous le soleil brûlant.

« Je suis encore incapable de voir quoi que ce soit. Donne-moi le temps de m'accoutumer à la lumière.

— Regarde vite parce qu'il risque de disparaître ! »

Lisa se releva d'un bond. Elle scruta avec toute son attention l'endroit que lui désignait Kelly.

« Je ne vois rien.

— Laisse tomber ! Moi non plus !

— Ce n'est pas encore une de tes visions ? demanda Lisa, inquiète.

— Je... je ne suis pas sûre. Pour quelque étrange raison, ce moulin à vent me hante. Je l'avais déjà aperçu à Saint Thomas et maintenant je le retrouve à Saint Jean. Mais je suis la seule à le voir. C'est dingue !

— Qu'est-ce qui est dingue ? »

Une joviale voix masculine les interpellait.

Les deux filles se retournèrent. C'était Kick Sweeney, pieds nus sur le sable, toujours vêtu de son short écossais. Il avait jeté ses chaussures par-dessus son épaule et elles se balançaient au bout des lacets.

« Que faites-vous là ? demanda Kelly avec colère.

— C'est à vous qu'il faudrait poser la question ! Bobbie-Jo prétendait que vous deviez faire des courses ensemble toute la journée et je vous retrouve allongées sur le sable ! Où sont tous ces costumes que vous deviez acheter ?

— Monsieur Sweeney, siffla Kelly, nous n'avons pas de comptes à vous rendre. Par ailleurs, nous n'avons pas envie de passer la journée avec vous. Et puisque vous êtes si pointilleux, pourquoi nous avez-vous dit ce matin que vous veniez du Kansas alors qu'hier soir vous prétendiez être originaire de Georgie et fier de l'être ?

— Attendez une seconde, ma petite demoiselle..., commença Kick.

— Je ne suis pas une petite demoiselle ! Appelez-moi "miss Chapman" !

— Okay, miss Chapman ! »

Kick n'avait plus rien du jovial compagnon qu'il affectait d'être un instant plus tôt. Il était furieux, n'ayant probablement pas l'habitude d'être remis à sa place de cette manière. Sans même essayer de cacher son irritation, il marmonna entre ses dents :

« Vous ne méritez pas que je réponde à cette question !

— Très bien, dit Kelly. Alors débarrassez-nous de votre présence ! »

Comment les mots lui venaient-ils ? Kelly n'avait jamais parlé sur ce ton à personne, étant rarement en colère. En tout cas, elle en éprouva un soulagement. Kick n'était pas lié avec le docteur Dougal : il réagissait comme un pauvre type et non comme un démon.

Kick jeta un coup d'œil autour de lui et s'aperçut que les gens les regardaient. Certains mêmes s'approchèrent. Il s'esquiva sans tambour ni trompette.

« Ouf ! maugréa Kelly. J'espère qu'il ne nous ennuiera plus !

— Tu veux dire que ce n'est pas un ami du docteur Dougal ?

— Non ! Ce n'est qu'un sale vieux bonhomme !

— Et s'il avait joué la comédie pour que tu ne te méfies pas de lui ? »

Kelly y réfléchit. C'était une possibilité. Avec un soupir résigné, les deux jeunes filles réunirent leurs affaires, et après s'être rhabillées, elles revinrent vers le bateau. Tout en marchant, Kelly hochait la tête, perplexe.

« Lisa, je ne sais plus à qui me fier et qui éviter. Kick Sweeney n'est-il qu'un vieux raseur ? Ou bien est-il un émissaire du docteur Dougal qui a réussi à me berner. Comment savoir ?

— Kelly, je ne sais pas ce qui va arriver. Mais si tu as besoin de moi, je serai là pour t'aider. S'il te plaît, dis-moi tout. Promis ? Tu penses peut-être que je ne suis encore qu'une enfant, mais ce n'est pas vrai ! »

Elles se turent en arrivant en vue de la *Reine des Caraïbes.* Mais Kelly pensait à Lisa avec tendresse. Avec un peu de chance Lisa prendrait le moment venu ses avertissements au sérieux.

C'est en mettant le pied sur la passerelle d'embarquement que Kelly le vit.

Depuis le pont, il la fixait de ses yeux roux qu'elle avait reconnus dans la salle de spectacle. Mais cette fois, elle en était sûre, c'était bien le docteur Dougal. Il se tenait entre le capitaine Eaton et un autre officier et il riait.

Ça y est, pensa Kelly, *cela va commencer !*

CHAPITRE 11

« Kelly ! s'exclama Lisa qui se demandait pourquoi sa sœur ralentissait. Es-tu malade ? Tu es toute pâle ! Allons vite dans notre cabine ! Quand tu...

— Lisa ! »

La bouche de Kelly était si sèche que sa langue paraissait collée à son palais. Elle ne put que murmurer :

« C'est le docteur Dougal... Tu le vois ? Il est juste à droite du capitaine Eaton sur le pont... Il se passe sûrement quelque chose. Ils m'attendent ! »

Lisa leva les yeux mais ne vit évidemment pas le docteur.

« Kelly, je ne vois que le capitaine, un autre officier de marine et cette grosse dame de Chicago ! »

Kelly tourna vers sa sœur un visage ahuri. Puis elle prit une décision. Haussant les épaules, elle déclara :

« Il ne me détruira pas de cette façon, Lisa ! Je sais qu'il est là. Peu importe ce que les autres disent. Je vais lui montrer que mes pouvoirs sont aussi forts que les siens ! »

Sur ces mots, elle grimpa vivement la passerelle et se dirigea vers le capitaine, se frayant un chemin parmi les autres passagers. Elle passa devant tout le monde et ne s'arrêta que lorsqu'elle se trouva en face du sourire grinçant du docteur Dougal.

« Kelly ! Attends-moi, cria Lisa. Attends-moi ! »

Mais Kelly ne se retourna même pas. Lisa la regarda s'approcher au pas de charge du capitaine et soudain ralentir. Elle parut brusquement perdue et désorientée. Quelques secondes plus tard, Lisa était à ses côtés.

« Bon après-midi, jeunes filles ! s'écria le capitaine Eaton avec son sourire bienveillant. Je croyais que vous ne faisiez rien de particulier aujourd'hui et je vous vois revenir toutes les deux de la plage au pas de course ? »

Kelly ouvrit la bouche pour répondre mais

elle se ravisa et courut vers sa cabine. Certains passagers la regardèrent avec inquiétude.

« Ne faites pas attention à ma sœur, capitaine, lança Lisa avant de la rattraper. Elle a dû rester trop longtemps au soleil ! »

Quand elle arriva à la cabine, elle la trouva sur sa couchette, respirant avec peine.

« Kelly, qu'est-ce qui se passe ?

— Il est ici, Lisa. Tu ne peux pas le voir mais il est ici ! Il se moque de moi, il me défie, il veut me montrer que son pouvoir est plus fort que le mien.

— Kelly, j'essaie de comprendre et de te croire. Je crois — comme tu l'affirmes — que c'est le docteur Dougal qui a assassiné maman, papa et Bonnie. Mais comment pourrait-il être ici pour ne se montrer qu'à toi ? Cela n'a pas de sens !

— Je vais essayer de t'expliquer, reprit Kelly en cherchant ses mots. Il a des forces supérieures aux miennes. Je suis sûre qu'il peut faire des tas de choses que je ne peux même pas imaginer... diaboliques... terrifiantes.

— Si tu en es certaine, pourquoi ne quitterions-nous pas le bateau ? Nous retournerions au Kansas ?

— Où que je sois, il me retrouvera. Il m'est impossible de lui échapper. Tout ce que je peux faire, c'est combattre... Oh Lisa ! Il me faut soit le vaincre avec ses propres armes... soit me laisser détruire ! »

Elle se retourna et enfouit sa tête dans l'oreiller.

« Kelly, ne parle pas comme ça ! Tu me fais peur ! »

Kelly se redressa pour regarder sa sœur dans les yeux.

« C'est vrai, Lisa. Je dois lui faire face... et toi aussi ! »

Juste à ce moment-là, on frappa à la porte. Les deux sœurs sursautèrent.

« Qui est là ? demanda Kelly d'une voix hésitante.

— Un steward !

— Va voir ce qu'il veut ! » chuchota Kelly.

Lisa obéit et revint lui apporter une enveloppe ivoire et or. Kelly l'ouvrit et lut à voix haute l'invitation gravée : « Le capitaine Marcus Eaton vous prie de lui faire l'honneur de dîner à sa table ce soir. »

« Pourquoi nous ? grommela-t-elle en laissant tomber l'invitation sur le plancher. Pourquoi ce soir ? »

En son for intérieur, Kelly se souvint de la petite lueur qui dansait dans les yeux du capitaine et se demanda s'il ne se souciait Que de leur compagnie.

Lisa l'interrompit.

« Il ne cherche qu'à être aimable, et peut-être veut-il en savoir plus ? Pas étonnant qu'il se pose des questions après la scène de tout à l'heure ! Tu devrais peut-être jouer franc jeu avec lui, Kelly. Dis-lui tout.

— Sûrement pas ! Il penserait que je suis complètement folle ! D'ailleurs, personne ne peut me protéger contre le docteur Dougal. Personne ! »

Les deux jeunes filles se rendirent en silence à la salle à manger. Kelly était obsédée par l'idée que le capitaine Eaton était le complice du docteur, et qu'il l'attirait dans un piège. Elle résolut de garder un œil attentif sur Lisa, bien décidée à la protéger.

« C'est magnifique, hein ? » déclara Lisa tandis qu'elles franchissaient les doubles portes de la salle à manger privée du capitaine. Chandeliers de cristal, argenterie et porcelaine scintillaient sur les nappes empesées. Des fleurs d'hibiscus décoraient chaque table. Une agréable odeur de café et de fine cuisine chatouillait les narines.

Un serveur les conduisit à leurs places. Il avait une démarche si protocolaire qu'il ressemblait à un automate. Quand elles furent assises, Kelly réussit à sourire tandis que le capitaine portait un toast à ses invités. Le dîner commençait sous d'heureux auspices, exactement comme le voyage d'avion de leurs parents, pensa Kelly.

Pendant les hors-d'œuvre le capitaine régala ses hôtes de récits de voyages. Kelly regardait d'un air absent les femmes plus âgées qui minaudaient et flirtaient avec le capitaine. Peut-être qu'en d'autres circonstances, cette soirée l'aurait amusée. Hélas, elle ne pouvait chasser l'étrange intuition que le dénouement était proche. Une sourde épouvante lui broyait le cœur. Kelly essaya de se concentrer sur le menu, mais à peine parvint-elle à manger du bout des lèvres.

Après le dessert, Kelly et Lisa s'excusèrent car elles devaient préparer leur spectacle. Kelly était pressée de s'éloigner mais elle eut la présence d'esprit de remercier le capitaine et de saluer les autres invités.

Lisa l'accompagna à leur cabine.

« Je n'ai guère envie de chanter ce soir, dit Kelly. Ne pouvons-nous annuler ?

— Impossible ! Pense à notre carrière ! D'ailleurs il vaut mieux t'occuper plutôt que de rester assise là à te faire du souci. Nous serons en sécurité sous les feux des projecteurs. »

Elles enfilèrent des ensembles imprimés de couleur pourpre, prirent leurs guitares dans leurs étuis et se précipitèrent vers la salle de spectacle. Sur la scène à peine éclairée, elles vérifièrent que les micros et les amplis fonctionnaient correctement. Une petite foule était déjà réunie dans la salle. Bobbie-Jo s'y trouvait déjà et présenta les deux sœurs au public.

Le rideau se leva. Kelly essaya de ne pas loucher sous les feux des projecteurs. Pour cacher leur manque d'enthousiasme, Lisa annonça une série d'entraînantes chansons populaires. Mais les spectateurs ne réagirent pas et Kelly eut l'impression que son sourire se figeait sur son visage.

Allaient-elles faire un bide ? Un moment, elle espéra que Lisa allait se décourager et abandonner.

Mais c'était sous-estimer la résistance de sa sœur. Lisa fit asseoir Kelly sur son tabouret à droite de la scène tandis qu'elle-même s'emparait du micro pour chanter un pot-pourri de mélodies anciennes. Pendant ce temps, le regard de Kelly erra dans la salle, essayant de discerner les traits des spectateurs. Où était le docteur ? Il était là, elle le savait. Mais où ? Elle ne réussit pas à le localiser. Les spots étaient trop brillants. Enfin des applaudissements crépitèrent. Lisa avait réussi à séduire son public.

« Encore ! Encore ! » cria quelqu'un.

Soudain Kelly eut la gorge si sèche qu'elle eut du mal à déglutir sa salive. Avec un sourire d'excuse en direction des spectateurs, elle salua et se retira dans les coulisses. Lisa enchaîna sur un autre pot-pourri.

Kelly but un verre d'eau fraîche que Bobbie-Jo faisait toujours porter dans les coulisses. Soudain elle entendit un grand fracas. Cela venait de la scène. Elle sentit le plancher vibrer. *Lisa !*

Tout d'abord, Kelly crut qu'il y avait eu une explosion. Mais quand elle se rua sur la scène, elle comprit tout de suite ce qui venait d'arriver. Lisa était saine et sauve, mais Kelly sentait des éclats de verre s'écraser sous ses semelles. Une âcre odeur de brûlé se répandait dans l'air.

« Kelly ! »

Un machiniste la prit par le bras, la tira en arrière.

« Faites attention ! Ne marchez pas là-dedans ! Reculez !

— Le spot ! »

Kelly leva la tête. Il n'y avait plus qu'un morceau de métal tordu. Les spectateurs s'étaient levés et se penchaient avec inquiétude en se demandant comment cela avait pu se produire.

Lisa se précipita vers Kelly et lui prit les mains. Mais Kelly se dégagea. Les causes de l'accident lui parurent limpides.

« Quelqu'un a saboté le spot, Lisa.

— Non ! » répondit machinalement Lisa.

Mais son visage pâlit tandis qu'elle commençait à comprendre.

« Si. Ce spot était juste au-dessus de ma tête. Exactement au-dessus du tabouret où j'étais censée m'asseoir. Si je n'étais pas partie...

— Kelly ? Vous n'avez rien de grave ? » s'exclama le capitaine Eaton, en surgissant à ses côtés. « Votre cheville saigne !

— C'est un éclat de verre qui a ricoché. Ce n'est qu'une égratignure !

— Quel terrible accident ! »

Il regarda Kelly puis les débris du spot qui gisaient à terre. Kelly eut l'impression qu'il n'était pas à l'aise.

« Ce n'était pas un accident, balbutia Kelly maladroitement. Quelqu'un a saboté le spot. On s'était arrangé pour qu'il... me tombe dessus... »

Le capitaine Eaton l'observa avec stupeur.

« Vous semblez fatiguée, Kelly. Je pense que vous êtes au bout de vos forces. Si vous alliez vous reposer ? Vous laisseriez Lisa se débrouiller et Bobbie-Jo présentera les autres artistes.

— Kelly, intervint Lisa. C'était peut-être un accident. Avec les amplis, les vibrations ont sans doute été trop fortes et...

— Quand le spot est tombé, il n'y avait pas de vibrations du tout ! L'ampli n'était pas branché. Tu chantais tout doucement...

— J'ignore comment cet accident a pu se produire, dit le capitaine Eaton. Mais si cela doit vous rassurer, je ferai faire une enquête ! »

Il eut un petit rire et tapa sur l'épaule de Kelly.

« Mais en attendant, ne parlez plus de sabotage. Vous pourriez effrayer les autres passagers. »

Kelly acquiesça, furibonde contre le docteur Dougal. En silence, elle se jura d'en venir à bout... d'une façon ou d'une autre.

« Dès que ce gâchis sera nettoyé, le spectacle reprendra, déclara-t-elle. Excusez-moi de m'être absentée. »

Elle montrerait au docteur Dougal qu'on ne l'effrayait pas si facilement.

« Voilà une bonne parole, Kelly ! » prononça le capitaine Eaton d'un ton enjoué.

Puis il baissa la voix

« Nous reviendrons sur cette affaire un peu plus tard. »

Bobbie-Jo mit un pansement sur la cheville de Kelly. Celle-ci se sentait nerveuse mais reprit son tour de chant. Le public apprécia son courage. On leur réserva une véritable ovation quand elles arrivèrent au bout de leur numéro.

Bobbie-Jo présenta d'autres artistes et Kelly et Lisa restèrent en coulisses pour les écouter. A la fin du spectacle, le capitaine Eaton, fidèle à sa parole, vint les trouver avec un rapport sur l'accident.

« Qu'avez-vous découvert ? » interrogea Kelly en posant sa guitare à côté d'elle.

Le capitaine Eaton frotta la boucle de sa ceinture et soupira, emphatique.

« Rien de bien probant, chère mademoiselle ! »

Son ton protecteur fit sursauter Kelly. Pourquoi lui parlait-il comme cela maintenant ?

Tirant sur sa pipe, il ajouta :

« Le boulon qui retenait le spot s'est desserré. J'admets que c'est assez inattendu mais rien ne prouve qu'il s'agissait d'autre chose que d'un malencontreux hasard.

— On a pu desserrer intentionnellement le boulon ! déclara Kelly d'une voix stridente. Qu'en pensez-vous ?

— Je n'y crois pas. Les vibrations des amplis et des machines du bateau ont dû suffire...

— J'ai peur, capitaine !

— Mais pourquoi ? »

Le capitaine Eaton ralluma sa pipe et sembla fixer un point au-dessus de la tête de Kelly.

« Vos craintes sont déraisonnables. Vous avez subi un choc. Personne ne le nie, mais... »

Pendant un instant Kelly fut tentée de raconter au capitaine Eaton l'histoire de Bonnie, du docteur Dougal et de ses... expériences. Puis elle décida de ne pas le faire. Le capitaine avait été si amical — peut-être un peu trop. Elle n'était pas sûre de pouvoir se fier à lui.

Elle se tourna vers Lisa et lui donna un léger coup de coude.

« Tu crois que tu pourrais te débrouiller seule sur scène ? J'aimerais retourner à la cabine et me reposer un peu. J'en ai eu assez pour la journée !

— Je t'accompagne, dit Lisa.

— Non, inutile, je vais dormir.

— Mais tu disais que nous devions toujours rester ensemble ?

— Il n'y a pas de danger ce soir. Tu seras en sécurité avec Bobbie-Jo et moi je m'enfermerai dans la cabine.

— Bon... Si tu es sûre que c'est bien comme ça...

— Fais-moi confiance ! »

Kelly revint à la cabine et s'allongea pour réfléchir. Elle était certaine que le docteur Dougal jouait à une sorte de jeu avec elle. En fait c'était plutôt une bataille. La guerre des nerfs. Il essayait de la faire craquer, de l'amener à la névrose. C'était parfait. Si ses nerfs craquaient, tout le monde croirait qu'elle n'avait pu surmonter le chagrin causé par la mort de ses parents. Ou par la mort de Bonnie. Même Lisa s'y laisserait prendre. Kelly se mit à pleurer tout en supputant combien il serait facile à Lisa de croire que le chagrin l'avait rendue folle.

Cette attente lui parut insupportable. Elle devait utiliser son pouvoir pour attaquer le docteur Dougal par surprise. Mais comment ? Où ? Etait-elle capable de le faire venir à son gré ? Elle avait réussi à évoquer les images de ses parents et de Bonnie, sans pour autant avoir eu le contrôle des scènes qui s'étaient déroulées sous ses yeux. Comment pourrait-elle vaincre un homme ayant des forces peut-être supérieures aux siennes ?

Elle s'étira sur sa couchette, consciente de la rugosité de la courtepointe et essaya de détendre chacun de ses muscles. Puis fermant les yeux, elle pensa avec amertume à la seule personne qu'elle ait jamais haïe dans sa vie.

Tout d'abord, elle visualisa la prairie du Kansas, et sans voir encore le visage du docteur Dougal, elle entendit sa voix.

« Kelly, ne cherche pas à me combattre. Je désire que nous soyons amis.

— Amis ? cria Kelly. Vous avez assassiné mes parents et Bonnie !

— Je n'ai pu l'éviter. Il n'y avait pas d'autre alternative. Ils en savaient trop.

— Et moi alors ? demanda Kelly d'un ton hésitant.

— Une jeune fille parvenant à participer à une croisière dans les Caraïbes et à marcher sur une route du Kansas peut être pour moi une amie utile. A toi de choisir : être mon alliée ou assez folle pour me résister.

— Je vous déteste, docteur Dougal ! »

Kelly essaya de lui tourner le dos mais une force invisible la cloua sur place.

« Kelly, écoute-moi ! »

La voix du médecin était maintenant douce et aimable. Il cherchait à la séduire.

« Il y a des choses que nous pouvons faire ensemble. Pourquoi être ennemis ? C'est une nuit magnifique. Retournons sur le bateau. Allons nous promener sur le pont. Contemplons les étoiles. Le secret de tes pouvoirs se trouve dans les étoiles. Si tu veux garder le contrôle de cette force, tu dois observer les astres. Le ciel nocturne est plein de charme, Kelly. Va sur le pont et admire la nuit ! »

La voix sembla s'éteindre et Kelly ouvrit les yeux.

Ses jambes pendaient au bord de la couchette et ses pieds touchaient déjà le sol. Elle alla tirer le verrou et sortit dans le couloir.

Le docteur Dougal a raison, pensa-t-elle en prenant la coursive qui menait au pont supérieur.

...Rien n'est aussi merveilleux qu'un ciel étoilé. C'est si beau, si apaisant. Elle observa pendant longtemps les étoiles. Leurs lumières immobiles offraient un contraste saisissant avec l'incessante agitation de leurs reflets dans l'eau mouvante. Kelly eut envie de les atteindre, de les saisir.

Elles ne sont pas si éloignées que ça, se dit-elle en grimpant debout sur la rambarde.

Si j'arrive à garder mon équilibre, je n'aurai qu'à tendre les mains assez haut et...

Une seconde plus tard, ses pieds glissaient. Elle s'entendit pousser un hurlement tandis que son corps plongeait vers la mer.

Elle perçut également un autre son. Un rire diabolique, démentiel, ce rire qu'elle avait déjà entendu la nuit où ses parents étaient morts. Avant que l'eau ne se refermât sur elle, ce ne fut ni la lumière des étoiles, ni les feux de la *Reine des Caraïbes* qu'elle aperçut en dernier, mais la lueur inquiétante qui brillait dans les yeux de braise du docteur Dougal.

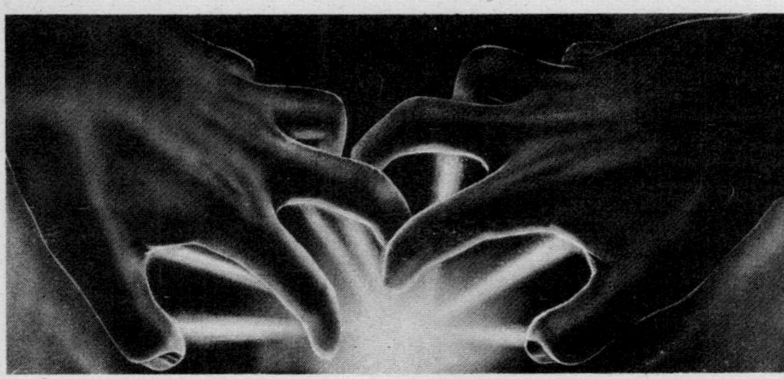

CHAPITRE 12

C'est la fin, se dit Kelly. *Dougal a gagné.*

Cette pensée, bizarrement, eut un effet calmant sur elle. Elle n'avait plus besoin de combattre. La volonté du médecin avait été la plus forte. Elle pouvait enfin se détendre et oublier tout ce qui l'avait tourmentée. Elle allait rejoindre son père, sa mère et Bonnie. Avec eux, elle retrouverait peut-être la paix.

Mais Lisa ? Qui la protégera ?

L'idée lui causa un choc qui la fit sortir de son état de transe. Enfin consciente, Kelly sentit les flots se refermer sur elle. Son corps s'enfonçait de plus en plus profondément dans l'eau noire. L'instinct de conservation lui avait fait retenir sa respiration quand elle avait plongé dans la mer. La descente se ralentit enfin, stoppa et son corps remonta lentement.

Au moment où elle croyait que ses poumons allaient éclater, sa tête perça la surface de l'eau et elle put respirer. De l'air !

« Un coup pour rien, Dougal ! eut-elle envie de crier. Tu m'as manquée encore une fois ! »

Elle prenait une seconde aspiration quand une vague vint la frapper au visage. Elle suffoqua. Le goût de l'eau salée lui brûla la gorge. Ses cheveux mouillés se plaquèrent sur ses yeux, l'aveuglant momentanément.

Kelly eut la présence d'esprit de faire la planche. Elle écarta de ses yeux les mèches de cheveux humides et leva le menton pour réaliser la situation où elle se trouvait : la *Reine des Caraïbes* cinglait la mer de toute la vitesse de ses machines. Le bateau continuait sa course sans elle. Elle était condamnée. Dougal avait quand même gagné.

Soudain des cris et le hurlement d'une sirène résonnèrent à ses oreilles. Quelqu'un l'avait-il entendue ? Allait-on la sauver ? Dougal laisserait-il le sauvetage s'accomplir ?

Kelly se força à rester calme. C'était la règle numéro un. Pas d'affolement. Elle réussit à se redresser et à maintenir son buste hors de l'eau. Si elle agitait les bras, quelqu'un pourrait l'apercevoir. Miraculeusement, ses membres obéirent à son cerveau. La jeune fille se mit à nager lentement tout en agitant de temps en temps les bras. Un faible au secours jaillit de sa gorge mais cela ne servait à rien.

Soudain les machines stoppèrent. Son cœur se mit à battre avec un fol espoir. Elle cria et s'agita frénétiquement. Le bateau semblait loin encore. Elle se mit à nager un crawl vigoureux mais fut bientôt épuisée. Il ne lui restait qu'à faire la planche.

Un peu plus tard, des projecteurs balayèrent la surface de l'eau.

Enfin, quelque chose vint frapper sa main et s'enrouler autour de son cou. Une méduse ? Un frisson de dégoût la saisit quand elle se mit à imaginer tout ce qui pouvait grouiller autour d'elle.

Ce n'était qu'un bout de papier. Sa tension se relâcha. Elle se souvint d'avoir vu quelque part dans ses lectures qu'en mer, les sauveteurs déchiraient parfois les pages d'un magazine qu'ils jetaient une à une pour marquer le passage du bateau. Elle eut un nouvel espoir d'être sauvée.

« Au secours ! Au secours ! »

Kelly cria jusqu'à ce qu'une autre feuille de papier vînt se nicher sur son épaule. *Laisse-la où elle est,* commanda son cerveau. *Bouge ! Crie !* Quelqu'un verrait peut-être le papier.

Soudain Kelly se sentit prise dans le faisceau

du projecteur. Presque aussitôt une bouée de sauvetage fut lancée à quelques mètres. Réunissant ses dernières forces, Kelly se mit à nager mais plus elle nageait, plus la bouée semblait s'éloigner.

Dressant sa tête et ses épaules hors de l'eau, Kelly hurla :

« Ici ! Je suis ici ! Ici ! »

Une corne de brume résonna deux fois. Qu'est-ce que cela signifiait ? L'avait-on repérée ? Alors Kelly vit deux canots danser sur l'eau. Des canots de sauvetage !

Quand Kelly fut certaine d'avoir été repérée, elle se remit à nager. Des voix criaient son prénom. Un des canots se dirigea droit sur elle. Puis un sentiment d'horreur s'empara d'elle à nouveau. Il lui sembla que le canot ne s'arrêterait pas, la frapperait.

« Nous allons vous jeter une autre bouée ! Attention ! Tenez-vous prête !

— Ici ! Ici ! »

Kelly agita pieds et mains mais une seconde plus tard, une vague l'enveloppait. Elle refit surface tout en suffoquant. Quand elle put rouvrir les yeux, le canot s'était encore rapproché. Un marin, debout à bâbord, s'apprêtait à jeter la bouée.

« Pas sur moi ! » cria Kelly.

La bouée tomba à quelques mètres d'elle. Une lumière servait de balise.

« Vous pouvez l'attraper ? » hurla le marin.

Juste au moment où elle se disait que ses mains étaient devenues des poids morts, qu'elle ne pourrait plus tendre les bras une fois de plus, ses doigts se refermèrent sur la bouée. Kelly rassembla ses forces pour l'agripper solidement. On la tira jusqu'au canot. Elle avait l'impression qu'on lui arrachait les bras et ses doigts se crispaient désespérément sur leur prise.

« Oh non ! marmonnait-elle. Au secours ! S'il vous plaît, s'il vous plaît, au secours ! »

Kelly se força à ouvrir les yeux. Un marin plongea du canot et nagea vers elle. Les projecteurs lui avaient permis de voir ses cheveux roux et son gilet de sauvetage orange. Tout cela disparut dans l'eau un moment. Puis il refit surface et ses bras puissants l'amenèrent vite à son côté.

Kelly n'était même plus capable de bouger. C'est tout juste si elle pouvait encore s'accrocher à la bouée.

« Tenez bon, Kelly ! »

Le marin était près d'elle.

Kelly acquiesça mais elle avait peine à tenir la tête hors de l'eau.

« Vous n'êtes pas blessée ? demanda-t-il en lui passant le bras autour des épaules.

— Non, merci... »

Le gilet de sauvetage du marin était relié au canot par un solide cordage. Il le manœuvra tout en la serrant contre lui.

« Détendez-vous, Kelly. Je vous tiens. On va nous tirer du canot ! »

Kelly sentit ses yeux se fermer. Elle eut l'impression d'être dans un autre monde. Elle suffoqua de nouveau, puis perçut la ferme prise de son sauveteur autour de ses épaules. Elle eut pour lui un élan de reconnaisance bientôt suivi d'un mouvement de recul de d'horreur. Le visage de l'homme se transformait graduellement. Elle reconnut les yeux sauvages et les traits émaciés du docteur Dougal.

« Ahhhh ! » hurla-t-elle dans un dernier souffle.

Puis elle s'évanouit.

*

* *

« Bon après-midi, Kelly ? s'enquit le docteur Talbot.

— Après-midi ? grogna Kelly.

— Vous avez dormi tout ce temps-là. Vous étiez littéralement épuisée après ce séjour dans l'eau. Vous avez de la chance, mon enfant ! Ce n'est pas souvent que l'on réussit à repêcher quelqu'un en mer !

— Comment m'a-t-on retrouvée ? » demanda-t-elle.

La jeune fille se sentait terriblement lasse.

« L'équipage est vigilant. On vous a entendue crier et vue tomber. On vous a ramenée à bord. J'étais là pour vous donner les premiers soins. Comment vous sentez-vous ?

— Fatiguée. Je pourrais dormir pendant un mois entier.

— Avez-vous faim ?

— Non.

— J'ai commandé pour vous un bol de bouillon. J'aimerais que vous le buviez, ensuite vous pourrez vous rendormir.

— Merci, docteur, intervint Lisa. Je veillerai à ce qu'elle le prenne. »

Le docteur s'éloigna. Kelly regarda sa sœur sans mot dire, trop épuisée pour parler. Elle se serait à nouveau assoupie mais quelqu'un frappa à la porte.

« Un plateau pour miss Chapman ! annonça le steward.

— Merci ! » dit Lisa en lui prenant le plateau des mains.

Kelly se redressa sur sa couchette et contempla le bol de soupe.

« Je ne vais sûrement pas avaler ça. Je n'ai envie que d'une chose, dormir. »

Lisa lui tendit la cuiller.

« Ordre du docteur !

— C'était si horrible ! Je ne peux croire que ce soit arrivé ! »

Lisa montra le bol.

« Si tu buvais d'abord ? Tu parleras ensuite !

— Mais c'est maintenant que je veux parler. Ce n'était pas un accident, Lisa ! »

Elle regarda le visage de sa petite sœur et put lire le doute dans ses yeux. *Le docteur*

Dougal a réussi, pensa-t-elle. *Ils croient tous que je suis folle, que j'ai essayé de me suicider.*

Lisa lui tendit le breuvage bouillant.

« Le docteur Talbot pense que tu as eu une crise de somnambulisme. Mais cela ne t'est jamais arrivé.

— Non, non, il se trompe, Lisa ! Dougal m'a attirée sur la rambarde et a réussi à me faire sauter par-dessus bord.

— Qu'est-ce que tu racontes ?

— J'ai cru que je serais capable de me servir de mon pouvoir pour retrouver Dougal et l'attaquer par surprise. J'ai pensé qu'en fermant les yeux et en me concentrant sur lui, je pourrais envoyer cette partie de moi-même qui est capable de voyager dans l'espace et dans le temps le rencontrer en un lieu choisi par moi.

— Mais pourquoi ?

— Parce que *je ne peux lui échapper,* Lisa, dit Kelly patiemment. Je ne peux pas. Il me retrouvera n'importe où. J'ai donc décidé de le rencontrer sur mon propre terrain, à un moment où il ne serait pas sur ses gardes, et de le confondre.

— Mais cela n'a pas marché.

— Non. C'est lui qui a pris possession de mes pensées et m'a poussée à sauter. Je ne crois pas qu'il ait voulu vraiment me tuer — du moins pas encore. S'il avait réellement souhaité le faire, il ne lui aurait fallu qu'une seconde. Je crois qu'il a surtout tenu à me faire peur. Il désire que je devienne son alliée. Mon pouvoir l'intéresse.

— Kelly, qu'allons-nous faire ? Il te faut de l'aide. Tout cela va trop loin !

— Non, dit Kelly à demi endormie. Je dois me débrouiller seule... »

Ses yeux se fermèrent. Une seconde plus tard, elle dormait à poings fermés.

« Ne t'en fais pas, Kelly, je reste avec toi ! »

Néanmoins, Lisa demeurait inquiète et effrayée. Sa sœur aînée devenait peut-être complètement folle. C'est ce que tout le monde, du moins, insinuait...

CHAPITRE 13

Kelly s'éveilla en sursaut, ne sachant ni l'heure qu'il était ni même où elle se trouvait. Progressivement les souvenirs lui revinrent. Pendant une seconde, elle regretta de s'être réveillée, tant sa vie lui parut cauchemardesque.

« Lisa ?

— Je suis là, Kelly. »

Lisa se leva du fauteuil où elle lisait pour s'agenouiller au pied de la couchette.

« Comment te sens-tu ? »

Kelly eut l'impression que son visage était un masque. Ses lèvres gardaient encore le goût de l'eau salée. Ses cheveux étaient poisseux et elle avait un mal de crâne épouvantable.

« Je me sens en pleine forme. Mais j'aimerais quand même prendre une douche. »

Kelly laissa longuement l'eau chaude couler sur elle, et lorsqu'elle eut fini de s'habiller, le steward apporta les plateaux du dîner.

« Vous avez les compliments du cuistot, Kelly. Ses vœux de rétablissement accompagnent le poulet frit et les pommes de terre sautées.

— Je meurs de faim. »

Après une seconde d'hésitation, Kelly se tourna vers sa cadette et déclara d'une voix ferme :

« Lisa, j'irai chanter avec toi ce soir.

— Tu n'es pas folle ? Après ce qui t'est arrivé ? Je ne sais même pas si moi, je pourrai y aller.

— Nous le devons. Je ne veux pas qu'il sache à quel point j'ai peur. Je ne veux pas montrer de signes de faiblesse, surtout en ce moment. Je désire... non, je *dois* faire comme si rien ne s'était passé. »

Les deux jeunes filles dévorèrent leurs repas puis se rendirent à la salle de spectacle. Dans les coulisses, elles inspectèrent tout avec soin. Elles avaient beau y être seules, Kelly se sentait mal à l'aise. Les deux spots suspendus au-dessus de la scène lui paraissaient menaçants. Un murmure de voix leur annonça l'arrivée des premiers spectateurs et des nouveaux concurrents.

« Lisa, nous prendrons les guitares espagnoles ce soir.

— Pourquoi ? Je crois que le public préfère les guitares électriques.

— Je pensais... C'est une question de sécurité. Et... Oh ! s'il te plaît, Lisa ! Les guitares électriques me rappellent trop la nuit dernière.

— Okay ! Je ne peux pas t'en vouloir d'être bouleversée par tout ce qui t'est arrivé et surtout je ne veux pas te contrarier, Kelly ! »

Kelly entrouvrit le rideau et jeta un coup d'œil dans la salle. Puis son regard s'attarda lentement sur chacun des spectateurs. Elle vit alors celui qu'elle cherchait. Ce soir il portait avec effronterie une casquette de marin qui lui donnait l'air d'un quelconque vieux loup de mer. *Il va essayer de me mettre hors de moi à nouveau avec le même vieux truc,* pensa-t-elle. *Me surprendre en plein milieu de notre numéro par sa présence subite. Eh bien, il se trompe. Docteur Dougal, ce soir, tu vas te casser les dents. C'est moi qui vais te pousser à bout !*

Elle serra dans ses doigts le pendentif de sa mère, préparant déjà ses plans.

Le rideau s'ouvrit. Bobbie-Jo présenta le spectacle et fit rire le public avec quelques plaisanteries. Kelly et Lisa s'approchèrent. Un tonnerre d'applaudissements les accueillit.

« Ce soir, dit Kelly en prenant la parole, le spectacle sera différent. Nous allons descendre dans la salle parmi vous. Ces guitares peuvent accompagner nos vieilles chansons de l'Ouest aussi bien que le flamenco. Aussi, allons-nous chanter des vieilles romances en espérant que vous les aimerez. »

Kelly laissa le micro sur scène et s'approcha du public. Lisa la suivit.

« Y a-t-il ici quelqu'un du Kansas ? Parmi les nouveaux passagers qui sont montés à bord il y a deux jours ? Levez la main si vous êtes nés dans notre grand Etat agricole. »

Kelly examina les spectateurs. Elle ne s'attendait pas vraiment à recevoir une réponse, aussi eut-elle un sourire ironique quand un homme d'un certain âge lui fit signe.

« Je fais partie de ces péquenots, miss ! »

Kelly se fraya un chemin jusqu'à la table de l'inconnu. Il était très près du docteur Dougal. Du coin de l'œil elle ne put s'empêcher de remarquer qu'un homme aux vêtements coûteux et une femme au visage blême s'étaient joints à lui. Kelly frissonna, se demandant s'ils étaient membres du Country Club. Elle ne les reconnaissait pas.

« Quel est votre nom, monsieur ? lui demanda-t-elle avec son plus large sourire.

— William Brunk.

— Très bien, monsieur Brunk. Ecoutez-nous chanter et donnez-nous ensuite les titres des chansons que vous aurez reconnues. »

Lisa se joignit à Kelly. Elles chantèrent toutes deux un pot-pourri de leur folklore. Kelly surveillait le docteur Dougal. Elle ne le perdait pas de vue. Mais son visage ne changeait jamais d'expression. Elle n'était pas tout à fait sûre que ce fût lui. Ce pouvait être aussi son image — image qu'elle était seule capable de voir.

« Alors, monsieur Brunk ? demanda Kelly quand elles s'arrêtèrent. Donnez-nous les titres de ces chansons !

— La première était *J'suis du Kansas.* La seconde, *Dans les champs tout autour.* La troisième, laissez-moi réfléchir... *Le Bleu et le pourpre...*

— Bravo. Dix sur dix les trois fois ! »

Kelly plaqua quelques accords sur sa guitare.

« C'est très agréable de chanter pour vous, monsieur Brunk. J'espère que nous nous reverrons quand nous serons tous revenus sains et saufs au Kansas. »

Elle s'adressait à M. Brunk mais ses yeux durs et froids fixaient le regard du docteur Dougal. Celui-ci, au grand regret de Kelly, n'eut aucune réaction.

Lorsque Kelly revint sur scène, ses jambes se mirent à trembler. Cette fois-ci, cependant, elle ne s'évanouit pas. Elle allait lui montrer qu'elle était décidée à se battre. Mais combien de temps résisterait-elle ?

CHAPITRE 14

Le lendemain, Kelly et Lisa tombèrent nez à nez avec le capitaine Eaton non loin de la salle à manger.

« Bonjour, capitaine ! s'écria Lisa.

— Je vous cherchais justement, répondit-il en souriant. J'ai loué une voiture pour quelques heures. Aimeriez-vous venir faire le tour de l'île avec moi ? »

Kelly fut aussitôt alertée. Le capitaine avait été gentil mais cette fois-ci, n'exagérait-il pas un peu ? Pourquoi s'intéressait-il tant à Kelly et à Lisa ? Etait-ce à cause des recommandations de tante Chris ? Ou avait-il des motifs moins avouables ?

Kelly essaya de faire un signe à sa sœur pour lui dire de refuser l'invitation. Mais c'était trop tard.

« Où irons-nous ? » demanda Lisa avec curiosité.

Le capitaine Eaton tira une bouffée de sa pipe.

« Je crois que nous prendrons la route des Acajous et que nous irons voir la forêt des Pluies. J'en ai entendu parler mais je n'ai jamais eu le temps d'y aller. C'est dans un lieu assez isolé. Je crois que ce sera une belle promenade. Qu'en dites-vous, Kelly et Lisa ?

— C'est super ! s'exclama Lisa enthousiaste. Je suis contente de visiter au moins quelque chose d'intéressant pendant que nous sommes dans ces îles ! »

Un lieu isolé, pensa Kelly. *Oh mon Dieu, ça y est !* Elle leva les yeux et vit que Lisa et le capitaine Eaton bavardaient gaiement. Pendant une seconde, la folie la guetta !

« Rendez-vous au pied de la passerelle d'embarquement dans quinze minutes, déclara le capitaine. Okay ? »

De retour dans leur cabine, Kelly et Lisa enfilèrent des jeans et des t-shirts. Lisa jacassait sans arrêt. Kelly était muette de peur. Puis elles rejoignirent le capitaine Eaton.

La frayeur de Kelly augmentait de minute en minute. Cet homme était-il bien le capitaine

Eaton, ou bien Dougal *qui aurait pris les traits et l'apparence du capitaine Eaton ?*

Ils s'installèrent dans la voiture. Le capitaine déplia une carte puis la rangea dans la boîte à gants. Il s'engagea ensuite sur une route parallèle à la côte. En abordant la route des Acajous, Kelly se raidit encore davantage. Le capitaine respectait le programme prévu. Mais qu'allait-il se passer dans ce « lieu isolé » ?

« Comment s'appellent ces arbres ? demanda tout à coup Kelly.

— Des acajous. Je vois aussi quelques manguiers.

— Il y a en effet des fruits par terre, reprit Lisa. Est-ce qu'on peut s'arrêter, les ramasser et les manger ? »

Le capitaine freina en douceur.

« Personne ne trouvera à redire si nous en ramassons quelques-uns. Ici les arbres sont à tout le monde. »

Lisa descendit de voiture et ramassa un gros fruit rouge dans le fossé. La mangue était talée mais mûre à point. Elle prit un mouchoir et se mit à la polir vigoureusement.

« Vous ne pouvez pas la manger ainsi, l'avertit le capitaine Eaton. Il faut d'abord la laver à cause des amibes. »

Lisa haussa les épaules, résignée, et mit sa mangue dans son sac avant de regagner la Volkswagen.

Au fur et à mesure que l'on roulait, la route

devenait moins praticable. Kelly ne savait plus bien où elle en était. Elle perdait le sens de l'orientation.

« Regardez ! »

Lisa montrait une haute cheminée noire qui se dressait au milieu d'un bouquet d'arbres.

« On dirait qu'il y a eu ici un terrible incendie ! »

Le capitaine Eaton acquiesça.

« Autrefois une révolte d'esclaves a éclaté sur cette île. Le Danemark possédait Saint Thomas, Saint Jean et Sainte Croix en ce temps-là. On y cultivait la canne à sucre et les riches planteurs vivaient dans de splendides propriétés situées au milieu de plantations où travaillaient les esclaves. Quand ceux-ci se mutinèrent pour obtenir de meilleures conditions de vie, ils mirent le feu à la plupart de ces habitations. Ces cheminées noires sont tout ce qui reste de ces demeures.

— Qu'est-il arrivé aux planteurs ?

— Beaucoup d'entre eux se sont enfuis en se cachant dans la forêt des Pluies ou en se réfugiant sur les bateaux amarrés près du port. Ils eurent la vie sauve mais beaucoup de leurs maisons furent détruites. Les esclaves obtinrent gain de cause et toute l'économie de ces îles se transforma. Ralentissons maintenant. Voici la route du barrage et elle n'est pas facile. Ceux qui m'ont loué la voiture m'ont prévenu. Si j'ai un accident par ici, c'est moi qui suis responsable. »

Il rétrograda. Bientôt la voiture roula au ralenti. La route devenait de plus en plus mauvaise.

Où nous emmène-t-il ? se demanda Kelly. *A-t-il décidé d'avoir un accident ?*

« Je suis très intriguée par cette forêt des Pluies », déclara Lisa en respirant l'air humide et parfumé. Les acajous étaient couverts de mousse qui les faisait ressembler à de vieux hommes barbus.

« C'est beau, mais cela donne la chair de poule !

— C'est assez étrange, reconnut le capitaine Eaton. J'ai entendu dire que des criminels traqués par la police s'étaient réfugiés ici et qu'on n'avait jamais pu les retrouver. »

Kelly avala de travers.

« Incroyable ! déclara Lisa.

— Ils se terrent pourtant dans les ruines des anciennes demeures et la police n'a pas très envie de s'aventurer dans cette jungle. »

Maintenant la route devenait si étroite que des branches venaient frapper le pare-brise et les flancs de la voiture. Le capitaine faisait du slalom entre les nids-de-poule.

Kelly eut l'impression qu'un silence étrange enveloppait les acajous géants. Dans certains endroits, des lianes descendaient du sommet des arbres jusqu'au sol.

« D'après ma carte, ce doit être le barrage ! »

Le capitaine arrêta le moteur et désigna une

construction de béton qui entourait un profond ravin.

« Venez, nous allons y jeter un coup d'œil. Nous avons besoin de nous dégourdir les jambes ! »

Avec précaution, Kelly ouvrit sa portière et mit un pied dehors.

Lisa la suivit et le capitaine Eaton contourna la voiture pour les précéder. Lisa courut jusqu'au bord du ravin et se pencha pour en regarder le fond. Kelly eut une brusque impulsion. Elle avait une folle envie de la tirer en arrière et de l'avertir. Ce serait si facile de se débarrasser de quelqu'un ici. Une simple poussée suffirait.

« Sois prudente, Lisa ! » fut tout ce que Kelly réussit à dire.

Elle secoua la tête pour chasser l'impression de vertige qui l'envahissait. Lisa et le capitaine étaient assis côte à côte sur le parapet.

« On passe sur le barrage pour aller voir de l'autre côté ? demanda le capitaine d'un ton égal.

— Non ! »

Kelly avait répondu avec une énergie désespérée.

Lisa se retourna et la regarda d'un air interrogateur. Kelly se contenta de déglutir sa salive et de fixer ses pieds.

« Venez donc, insista le capitaine. Il n'y a aucun danger !

— Je... Je n'en ai pas envie. Avec tous ces accidents des jours derniers...

— Et vous, Lisa ? » demanda le capitaine en se tournant vers la jeune fille.

Lisa hésita un instant. Kelly fut sûre qu'elle allait accepter. Mais après un coup d'œil à sa sœur, sa cadette répondit :

« Merci, mais je crois qu'il vaut mieux que nous rentrions. Kelly est censée se reposer dans le courant de la journée.

— Vous avez raison, reconnut le capitaine. Je n'y pensais plus. Allons ! En voiture ! »

Kelly demeura stupéfaite pendant le trajet du retour. Il ne s'était rien passé. Encore une fausse alerte, comme l'incident avec Kick. Néanmoins elle était encore sous l'empire d'un malaise difficile à chasser.

Quand ils remontèrent sur le bateau, Kelly était agréablement fatiguée et se prépara à aller au lit. Sa dernière pensée tandis que ses regards erraient sur le hublot fut que le docteur Dougal avait abandonné. De toute la journée, il ne s'était pas manifesté.

Juste à ce moment-là, quelque chose, au-delà du hublot, attira son attention. Elle vit clignoter les lumières pourpres d'un bâtiment juché sur le sommet d'une colline au centre de l'île. Et elle sut alors que le docteur Dougal n'abandonnerait jamais la lutte.

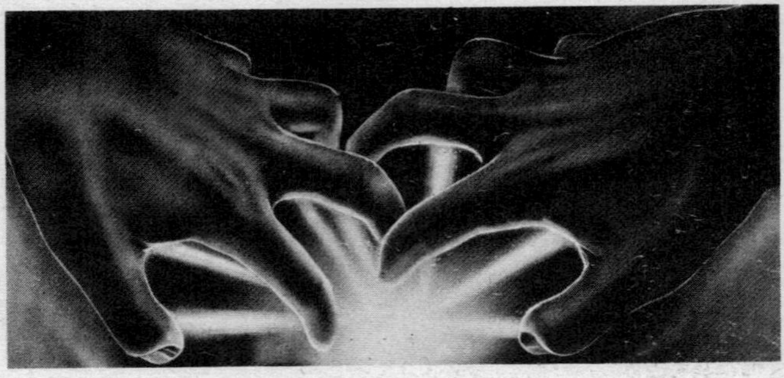

CHAPITRE 15

Lisa l'appelait, la secouant pour la réveiller.

« Kelly ! Assez ! Tu ne veux pas réveiller tout le bateau ? »

Comme si elle s'extirpait de nouveau des profondeurs de la mer, Kelly reprit conscience. Sa gorge lui faisait mal et elle se sentait épuisée. Elle venait de crier. C'était le matin. Elle était saine et sauve. Mais ses mains lui parurent encore moites et gluantes et elle frissonna au moment où Lisa alluma la lampe.

« Un cauchemar ? interrogea Lisa en penchant sur elle un visage bouleversé.

— Lisa, as-tu un stylo et un bloc de papier ? »

Sans un mot, sa sœur ouvrit sa valise ét obtempéra.

« Oui, voilà. Mais réponds-moi ! Kelly, pourquoi as-tu crié ? »

Au lieu de répondre, Kelly se mit à écrire frénétiquement, pour suivre le rythme de sa pensée. Quand elle eut fini, elle soupira, et relut les pages noircies.

« Il fallait que je mette toute cela par écrit, Lisa.

— De quoi s'agit-il, Kelly ? S'il te plaît, explique-toi clairement ! »

Kelly fit rouler le stylo entre ses paumes.

« Figure-toi que je sais désormais où trouver le docteur Dougal. La seule chose qui me reste à faire est de découvrir si cet endroit existe vraiment.

— Kelly, si tu cessais de faire des mystères et que tu m'expliques en détail ?

— J'ai eu une autre vision. J'étais en train de penser au docteur Dougal quand soudain je me suis retrouvée dans une de ces vieilles maisons de planteurs en ruine. Mais celle-là était singulière. De forme ovale, elle paraissait immense. A l'intérieur en revanche, il n'y avait que trois pièces. Par-devant se trouvait comme un fossé, mais un fossé sans eau. Et à l'arrière un gigantesque portique. Dans ma vision, je me suis dit que ce n'est pas un simple hasard, et que mon cerveau m'a délibérément emmenée en ce lieu. Je suis sûre que je vais y découvrir un signe de danger.

— Oui, tout cela est plutôt curieux, convint Lisa.

— Je voudrais vérifier sur les guides que nous possédons s'il existe un endroit semblable à Sainte Croix. »

Pendant dix minutes, elles feuilletèrent fébrilement les guides de voyage remplis de photos en couleurs des îles. Finalement Lisa s'écria avec entrain :

« Ça y est ! C'est exactement ce que tu viens de décrire !

— Laisse-moi voir ! » dit vivement Kelly.

Elle prit le volume et lut à haute voix :

« *Christopher Anderson, un planteur danois, fit construire la Folie Anderson en 1794. On ne sait s'il baptisa lui-même ainsi sa maison ou si le nom fut donné par la suite en référence au caractère excentrique du propriétaire. La "Folie Anderson" a douze mètres de large sur trente mètres de long. Les plafonds sont à plus de cinq mètres de hauteur...* »

Kelly s'arrêta et poussa une exclamation.

« Oh mon Dieu !

— Kelly, qu'y a-t-il ?

— *La maison n'a que trois pièces. Il y a un fossé à sec et un grand portique à l'arrière. Les historiens pensent qu'à l'origine on projetait d'y ajouter d'autres bâtiments.* »

L'émotion de Kelly était à son comble. Elle tourna la page et aperçut un croquis. La légende indiquait qu'il s'agissait de la « *Folie Anderson* ».

« C'est exactement ce que j'ai vu pendant ma "vision", s'écria-t-elle stupéfaite. Tiens, Lisa, lis-moi la suite. Je vais me recoucher. »

Lisa reprit le livre et lut à haute voix.

« *Les murs ont un mètre d'épaisseur et sont construits avec des coraux extraits de la mer. Des esclaves creusèrent le fossé qui servait à l'éclairage et à la ventilation des sous-sols. Le portique à l'arrière donnait de l'ombre. Les propriétaires de la maison s'y asseyaient pour se reposer et y prendre le frais. Au sud-ouest de la construction les visiteurs peuvent apercevoir le curieux moulin à sucre qui se profile dans le ciel.* »

Kelly l'interrompit.

« Qu'est-ce que tu dis ? Répète cette dernière phrase ! »

Lisa obéit et Kelly trembla d'excitation.

« Lisa, tout se recoupe ! Un moulin à vent ! J'ai aperçu fugitivement des moulins à vent presque chaque jour de la semaine passée, exactement comme je distinguais ici ou là le docteur Dougal. Personne d'autre que moi ne les visualisait. Et tu sais, celui que j'ai aperçu sur la plage, juste avant que Kick ne vienne nous y ennuyer, il semblait me faire signe, m'appeler. Oh ! Lisa, c'était ce moulin-là ! Continue, on va peut-être découvrir autre chose !

— *On peut se demander pourquoi la "Folie Anderson" ne fut pas construite au sommet d'une colline. Mais la réponse est simple. A cette époque-là, le sucre était roi. Le moulin à vent était ce qui comptait le plus dans une plantation. Il fallait lui trouver un emplacement suffisamment venté. C'était généralement le moulin que l'on construisait sur le point le plus haut de la propriété. On peut toujours se frayer un chemin jusqu'au moulin de la "Folie Anderson" et y admirer le mécanisme original qui aujourd'hui grince encore terriblement.*

— *Qui grince !* s'exclama Kelly avec exubérance. J'ai entendu des grincements, d'horribles bruits de ferraille chaque fois que je l'ai aperçu. »

A cet instant, sa vision revint. Mais, cette fois, l'image lui parut plus nette.

« Ça alors ! s'exclama Lisa. Je suis convaincue. Tes visions ont l'air dingue mais le guide en confirme la description !

— C'est à la *Folie Anderson* que je rencontrerai le docteur Dougal, dit Kelly d'une voix sans timbre. Ce sera un jour magnifique. Le bleu du ciel se reflétera dans le cristal de la mer. Des mouettes voleront au-dessus de nos têtes. Ce sera si beau que... »

Elle s'interrompit.

« Quoi ? Que t'arrive-t-il, Kelly ?

— Tout ce que je sais, c'est que c'est là que je dois aller si nous voulons être enfin libres toi et moi. Je... »

Kelly se raidit. On venait de frapper à la porte.

« Sois prudente ! » chuchota-t-elle à Lisa qui s'apprêtait à aller ouvrir.

« Qui est là ? demanda Lisa en entrouvrant le battant.

— Lisa, c'est moi, Bobbie-Jo ! Désolé de vous déranger de si bonne heure mais je vous ai entendues parler et j'ai besoin de votre aide. »

Lisa ouvrit la porte.

« Salut, Bobbie-Jo. Que se passe-t-il ?

— J'ai une faveur à vous demander. Lisa, pouvez-vous venir tout de suite au théâtre avec moi. Les électriciens remplacent l'installation et j'aimerais que vous m'aidiez à tester les nouveaux micros avant le spectacle de ce soir. Si quelque chose ne va pas, il vaut mieux qu'on le sache à temps pour pouvoir arranger les choses.

— J'y vais, dit Lisa.

— Splendide ! Merci mille fois ! Cette journée commence bien ! A tout de suite ! »

Quand elle eut refermé la porte, Lisa regarda Kelly.

« Je suis inquiète pour toi, Kelly. Le docteur Dougal avait un puissant motif pour assassiner Bonnie et il a une raison encore plus importante pour t'assassiner à ton tour ! »

Lisa soupira.

« Au moins tu as été prévenue. Tu sais où est le danger. Tu peux essayer de l'éviter.

— Non, Lisa, impossible. La seule chose que je peux faire est de m'y rendre au lieu d'attendre le bon vouloir du docteur Dougal.

— Mais pourquoi y aller quand tu pourrais rester ici en toute sécurité ?

— Lisa, comment peux-tu parler de sécurité après tout ce qui m'est déjà arrivé ? Je ne serai jamais plus en sécurité jusqu'à ce que cet homme ait disparu — disparu pour toujours.

— Très bien. Je vais retrouver Bobbie-Jo. Mais nous en reparlerons quand je reviendrai. Tire le verrou quand je serai partie. Et reste ici. Promets-moi de ne laisser entrer personne ! Jure-moi aussi de ne pas quitter le bateau pendant mon absence. C'est tout ce que je te demande !

— C'est promis-juré, Lisa. Je ne bougerai pas d'ici. »

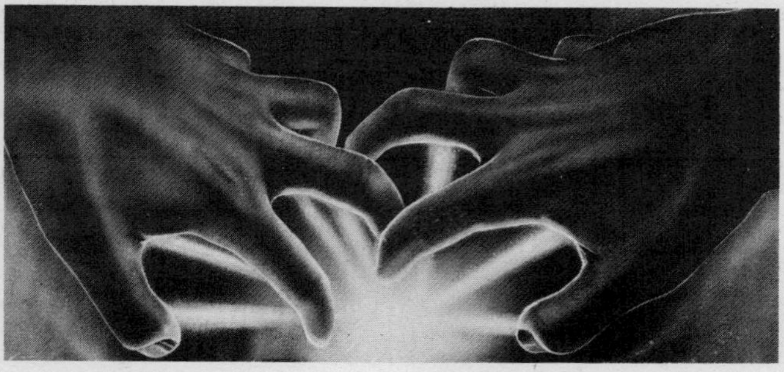

CHAPITRE 16

Kelly devait se rendre dès ce matin-là à la *Folie Anderson,* même si elle ne voulait pas manquer à la promesse faite à sa sœur.

Elle s'habilla rapidement et laissa à Lisa un petit mot.

« *Chère Lisa, ne m'en veux pas, mais quelque chose en moi me dit que c'est aujourd'hui le jour J. C'est ma seule chance. Je t'aime, petite sœur. Aie confiance en moi. Kelly.* »

Elle posa le mot sur son oreiller et prit entre

ses mains le pendentif de sa mère ainsi que l'épingle ayant appartenu à Bonnie. Cette épingle lui donnerait de la force — et de la chance.

Elle quitta la cabine et se précipita vers la passerelle, espérant que personne ne la verrait et ne la rappellerait.

Fort heureusement un taxi attendait. Elle se rua dans la voiture et demanda au chauffeur de l'emmener à la *Folie Anderson.* La course ne prit qu'un petit quart d'heure. Elle paya le chauffeur et gravit la colline qui menait au moulin et à la maison.

Le vieux moulin était aussi immobile qu'un fantôme du passé. Les roues ne tournaient pas et pourtant elle entendait grincer le mécanisme. Plus elle s'approchait et plus les grincements devenaient bruyants. Ce fracas assourdissant finit par lui faire mal à la tête quand elle arriva devant la vieille porte pourrie. Kelly pouvait presque sentir physiquement la présence diabolique du docteur Dougal, toutefois elle ne vit personne aux alentours.

Kelly contempla longuement le moulin puis se retourna pour observer le sentier qui y menait. Tous les détails de sa vision étaient précis : les mouettes, l'eau claire comme le cristal, le ciel bleu. La jeune fille frissonna. Résolument elle poussa le battant vermoulu. Les gonds craquèrent.

A l'intérieur, il faisait sombre. Elle referma la porte aussi doucement que possible en espérant que le docteur Dougal ne l'avait pas entendue entrer si vraiment il se trouvait là.

Soudain un léger mouvement attira son attention. Une ombre était passée dans le rayon de lumière venant de la fenêtre. Une silhouette approcha et le visage devint visible. Il avait des traits sinistres et elle reconnut le docteur Dougal, avec ses yeux roux qui luisaient comme des braises.

« Eh bien, Kelly, nous nous rencontrons à nouveau ! J'espère que tu as un peu plus de plomb dans la cervelle. Es-tu décidée à devenir mon associée ?

— Jamais !

— Kelly, ne crois-tu pas que tu réponds un peu vite ? Tu ne sais même pas pour quelle raison je t'ai fait venir ici !

— Ce n'est pas vous qui m'avez attirée. Je savais que vous étiez là, et je suis ici de mon propre chef. »

Le docteur Dougal haussa les épaules.

« Kelly, ne sois pas si naïve ! Crois-tu sincèrement cette sottise ? As-tu vraiment pensé que tu pouvais décider de cette rencontre. Souviens-toi donc du petit incident sur le bastingage du bateau l'autre nuit.

— C'est possible, mais j'y ai survécu, docteur Dougal. Vous ne m'avez pas détruite à ce moment-là et vous ne me supprimerez pas davantage aujourd'hui.

— Je ne le désire pas, Kelly ! dit le docteur Dougal en fixant la jeune fille droit dans les yeux. Il y a longtemps que ce serait fait si telle avait été mon intention. Je peux te voir, te surveiller, te contrôler depuis la nuit où tes parents ont eu cet accident. Pourquoi t'éliminer ? Au contraire, Kelly, j'ai besoin de toi et de ton pouvoir. Tu peux te joindre à moi.

— Pourquoi le ferais-je ?

— Les profits sont immenses. Mon... »

Il hésita sur le mot.

« Mon employeur — dirons-nous — peut t'accorder tout ce que tu désires. Il te donnera également des pouvoirs beaucoup plus grands que ceux que tu as déjà.

— Erreur, docteur Dougal ! Je ne suis pas venue ici pour m'associer avec vous ! »

Kelly lui décocha un regard méprisant.

« Je suis là pour en finir avec vous. Mais vous le savez très bien, n'est-ce pas ? »

Sa voix faiblit légèrement. La peur l'envahit. Les événements ne se déroulaient pas du tout comme prévu.

Le docteur Dougal rejeta la tête en arrière et éclata d'un rire terrifiant.

« Tu ne peux ni me toucher ni me blesser, Kelly, et pas davantage m'empêcher d'accomplir mon œuvre. De plus, tu ne m'échapperas jamais. Il y en a d'autres comme moi, Kelly, je ne suis pas seul, et ton pouvoir n'a pas une telle importance. Tu as le pendentif, mais tu ignores les paroles du rituel. Je peux te les faire prononcer maintenant, Kelly. A toi de choisir. Tu viens avec moi ou tu disparais. »

Kelly n'avait pas compté avec la tentation d'obtenir des pouvoirs plus importants. L'homme et la jeune fille se tenaient face à face, à dix mètres l'un de l'autre. Kelly se tenait sur le seuil de la porte. Le docteur Dougal fit quelques pas dans sa direction. Cachant sa peur, Kelly avança aussi d'un pas. Mais Dougal la défia, leurs regards rivés l'un à l'autre dans une lutte mortelle.

Soudain une voix familière retentit du dehors :

« Kelly, tu n'es pas seule ! Je suis venue pour t'aider ! »

Bonnie ! Elle était là, à l'ombre des arbres ! Elle ressemblait exactement à la Bonnie que Kelly avait vue dans les champs du Kansas. Ses cheveux en désordre, son visage couvert de sang et de poussière, sa robe déchirée. Son amie se déplaçait lentement.

Dougal se retourna vers sa victime.

« Bonnie ! » s'écria-t-il en montrant pour la première fois des signes de terreur.

Kelly en fut stupéfaite. Elle avait d'abord cru que Dougal avait évoqué le spectre de Bonnie pour la tromper, lui faire perdre son sang-froid. Mais maintenant la présence de Bonnie devenait un atout certain dans son jeu.

« Dougal, regardez ! » cria-t-elle brusquement.

Sans méfiance, Dougal se tourna vers l'épingle que Kelly tenait en main. L'épingle de Bonnie. Le soleil s'y refléta. Un rayon vint frapper les yeux de Dougal qui de roux virèrent au blanc. Dougal poussa un atroce cri de douleur, tel un vampire confronté à un crucifix.

Au bout de quelques secondes, il parut recouvrer ses esprits et s'agenouilla sur le plancher.

« Tu ne peux pas me détruire ! déclara-t-il.

— Vous devez disparaître ! » répondit Kelly.

Brandissant l'épingle devant elle, elle s'avança encore. Il eut un rire dément qui résonna dans les salles vides. Mais Kelly s'efforça de garder la tête froide.

« Dougal ! » cria une autre voix.

Cet ordre venait de l'autre côté de la cage du moulin. Le docteur se releva et se retourna. Il tremblait de haine. Cette fois-ci il faisait face à la silhouette du capitaine Eaton. Le capitaine le menaçait de son revolver.

Stupéfaite, Kelly en profita malgré tout pour se précipiter et lui planta l'épingle dans le cœur. Il tomba par-dessus le petit muret et son corps s'abîma dans les profondeurs de la cage du moulin. On n'entendit qu'un gémissement strident, pareil au hurlement d'agonie d'un coyote.

Le corps s'écrasa au fond du puits. Il y eut une sorte d'explosion. Un nuage de poussière putride s'éleva de la cage du moulin puis se dissipa. L'air se chargea d'électricité. Enfin, le silence retomba.

Kelly ne bougeait plus. Bonnie s'approcha d'elle.

« Est-il mort ? demanda-t-elle doucement.

— Lisa... balbutia Kelly, abasourdie. Comment, Lisa, c'était toi ? Tu as mis les vêtements de Bonnie... »

Encore épuisée par l'épreuve qu'elle venait de subir, Kelly se précipita vers sa sœur pour la prendre dans ses bras.

« Tout le monde dit que je lui ressemble, Kelly. Mais c'est le capitaine Eaton qui en a eu l'idée. Il pensait que je pourrais distraire Dougal assez longtemps pour lui permettre de lui tirer dessus si c'était nécessaire.

— Je suis contente que tu sois venue. J'avais cru pouvoir en venir à bout toute seule, mais quand je me suis trouvée en face de lui, j'ai compris que mes pouvoirs n'étaient pas assez forts.

— C'est pourtant vous qui l'avez eu ! déclara le capitaine Eaton. Lisa m'a raconté toute l'histoire. Vos pouvoirs n'étaient peut-être pas aussi forts que vous le pensiez, mais vous avez tout de même réussi à détruire Dougal.

— J'espère que c'est bien vrai ! dit Kelly. Je l'espère de tout cœur !

— Qu'allons-nous faire du corps ? demanda Lisa. Faut-il aller trouver la police et tout lui raconter ?

— Il n'y a pas de corps, Lisa. Le choc quand il a vue Bonnie — ou plutôt quand il a cru voir Bonnie — l'a complètement désarçonné. Il a dû penser que Kelly avait réussi à la faire revenir à la vie et se figurer qu'elle avait le pouvoir de le détruire. Le revolver et l'épingle de Bonnie, c'était trop. Il ne savait plus de quel côté se tourner. Il a cru que ses pouvoirs avaient disparu et il a pour ainsi dire perdu l'équilibre. Et, comme vous pouvez voir... »

Le capitaine Eaton leur fit signe de se pencher au-dessus du puits.

« Il ne reste rien de lui. Il a disparu.

— Pour toujours, j'espère ! » murmura Kelly.

EPILOGUE

Quelques jours plus tard, Kelly et Lisa étaient de retour au Kansas. Tante Chris, plus agitée que jamais, était venue les attendre à l'aéroport de Wichita. Elle courut à leur rencontre et les serra dans ses bras.

« Quel bonheur de vous retrouver ! s'écria-t-elle. Avez-vous eu beau temps ? Vous êtes-vous bien amusées ? »

Son visage était si cocasse que les deux sœurs échangèrent un regard amusé et poussèrent un profond soupir.

« Oui, tante Chris, affirma Kelly après un

moment de silence. Nous n'avons pas eu le temps de nous ennuyer !

— Oh ! Mes petites filles, avant que vous me racontiez tout ça, j'ai de terribles nouvelles à vous apprendre ! »

Tante Chris fronçait les sourcils. Fouillant dans un cabas empli d'objets hétéroclites, elle en sortit un article découpé dans un journal.

« J'ai pensé qu'il valait mieux que vous soyez au courant avant de revenir à Lincoln.

— Nous savons déjà, tante Chris ! Le capitaine Eaton nous a parlé de Bonnie. »

Kelly n'avait pas envie d'entrer dans les détails.

« Mes pauvres chéries, dit tante Chris. Je sais combien vous l'aimiez !

— Ça a été terrible au début, surtout après ce qui est arrivé à papa et maman. Mais je pense pouvoir mieux assumer mon chagrin. Je suis contente de rentrer à la maison avec Lisa et toi.

— Moi aussi », ajouta Lisa.

Tante Chris entoura d'un bras rassurant les épaules des deux filles.

« J'ai à vous apprendre une autre mauvaise nouvelle. Et puis nous essaierons de ne plus penser à toutes ces tragédies. »

Elle attrapa un autre morceau de journal et le tendit à Kelly.

« Il y a quelques jours, le gentil docteur Dougal est mort dans son lit d'une crise cardiaque. »

Cette fois, Kelly ne put s'empêcher de sourire en lisant la notice nécrologique. *Parfait,* pensa-t-elle. Bonnie repose en paix maintenant. Le pouvoir démoniaque qui habitait le docteur Dougal ne pourra plus lui faire de mal, ni à elle, ni à personne d'autre.

« Kelly, au nom du ciel, qu'est-ce qui te fait rire de cette façon ? interrogea tante Chris, réprobatrice.

— Oh, rien ! Je me réjouissais seulement à l'idée de rentrer à la maison. Beaucoup de choses ont dû changer. J'ai l'impression de m'éveiller d'un long cauchemar. Papa et maman ont disparu. Bonnie est morte. Et le docteur Dougal... »

Elle ne termina pas sa phrase.

« Nous allons nous aussi renaître, n'est-ce pas, Lisa... ?

— Sûr ! Surtout maintenant que nous allons devenir des vedettes ! Est-ce que la renommée des sœurs Chapman s'est étendue jusqu'au Kansas, tante Chris ? Nous avons chanté à bord du bateau !

— Je n'ai encore rien entendu de pareil, répondit la tante avec un sourire intrigué. Mais je ne demande qu'à en entendre parler ! »

Elle les embrassa encore une fois, puis les entraîna pour chercher leurs bagages. Après quoi elles se dirigèrent toutes trois vers ce vieux tank que tante Chris appelait sa voiture.

Un instant, Kelly revit la *Reine des Caraïbes,* majestueux navire ancré paisiblement dans le port. Elle évoqua la silhouette du capitaine Eaton leur faisant des signes d'adieu du haut du pont. Kelly sentit qu'un courant d'amitié était passé entre eux.

Puis, revenant à la réalité, elle regarda avec tendresse sa tante et sa sœur. C'était bon de rentrer à la maison. Peut-être pendant un certain temps oublierait-elle son pouvoir. Mais, en son for intérieur, la jeune fille savait qu'elle possédait un don et qu'elle aurait à s'en servir un jour. Dougal lui avait dit qu'il n'était pas seul...

Elle combattrait les forces du mal coûte que coûte. Quand le moment viendrait, Kelly serait prête à les affronter de nouveau.

SPECTRES

Enfin des livres où les pages
claquent des dents.

La série SPECTRES : une série pour les amateurs de sueurs froides et d'émotions violentes, une série qui fait découvrir les phénomènes du surnaturel : prémonitions, télépathie.

SOMMEIL DE MORT Dale COWAN

Jennie était partie pour faire le tour du cadran.
Confort total !... mais voilà ! dans le couloir le plancher craque... juste là derrière sa porte !
Effrayée, Jennie songea à la prière accrochée au-dessus de son lit :

> "Des vampires et des fantômes,
> des bêtes aux pattes velues
> et des créatures qui rôdent dans la nuit
> Délivrez-nous, Seigneur."

Jennie espérait vivre en Écosse un été pas comme les autres.
Elle n'allait pas être déçue !

ATTIRANCE Imogen HOWE

Janet va attaquer l'escalier quand elle croit entendre des bruits de pas !
Immobile, le corps tendu par la peur, elle retient son souffle.
Un sifflement lugubre transperce la nuit.
Janet ignore qu'elle est entre les pattes d'une créature maléfique en balade chez les vivants pour une tâche sinistre ordonnée du fond des temps.

VOIX DANS LA NUIT James HAYNES

Une fois de plus, venant de l'écurie, la voix rauque déchira la nuit.
Tremblant de tout son corps, Christie agrippa le bord de son lit.
Elle devait lutter, résister de toutes ses forces.
Sans le savoir, Christie avait taquiné un vieux démon qui en écrasait depuis des siècles.
Il cherchait maintenant à lui faire partager son monde : les ténèbres !

A PARAITRE : *Pacte inavouable*
Roses rouge sang
L'Ombre de l'arbre mort
Soif de vengeance

SPECTRES

LA CHANSON DE LAURIE Suzanne RAND

"J'ai carrément piqué un fard quand Skip, la coqueluche du lycée, m'a proposé de prendre un pot. Il écrivait des textes pour son groupe de rock. Je lui proposai un coup de main. Il me brancha sur le couplet sur lequel il ramait. Les mots jaillirent de ma bouche... au feeling ! Bluffé le play-boy ! Dès cet instant je n'avais plus qu'une idée : chanter en duo avec lui."

Patience ! Les mois prochains, dans la série SWEET DREAMS :

La Fille aux yeux verts
Cover-girl
La Nuit du campus
La Fille de Californie
...et d'autres encore.

Sweet Dreams

IMPRIMÉ EN FRANCE PAR BRODARD ET TAUPIN
58, rue Jean Bleuzen - Vanves - Usine de La Flèche, 72200
Loi n° 49-956 du 16 juillet 1949 sur les publications destinées à la jeunesse.
Dépôt : avril 1985.